Los Molinos del Rio Aquas

AF197832

Manchmal sind es die Namen von Orten, die uns verleiten, die ihren magischen Zauber auf uns ausüben. Zuweilen sind es die Landschaften um diese Orte herum, die unsere Sehnsucht wecken. Los Molinos del Rio Aquas ist solch ein Name, und die Landschaft der Provinz Almeria im Süden von Spanien mit ihrem wüstenähnlichen, mediterranen Klima, zog schon viele Menschen in ihren Bann. Die ursprüngliche Region mit ihren kargen Bergen und Hügeln, die von Schluchten, Tälern und trockenen Flussbetten durchzogen ist, war schon Heimat vieler Völker, wurde von den Mauren kultiviert und inspiriert noch heute die Fantasie der Besucher, die hier ihre Träume verwirklichen wollen, oder auf der Suche nach einem einfachen, genügsamen Leben und auf einer Reise zu ihrem inneren Ich sind.

Dies ist eine dieser Geschichten, die Geschichte eines Mannes, der seine Frau und Familie verlässt, um im Süden von Spanien, in Los Molinos del Rio Aquas, in einer alternativen Lebensgemeinschaft dem Leben erneut auf die Spur zu kommen. Es geht um Nachhaltigkeit, soziale, wirtschaftliche und politische Themen und um den Erhalt der maurischen Terrassengärten. Es geht um das Leben in dieser Region und um zwischenmenschliche Beziehungen.

Ernst Ludwig Becker, geb. 1957, studierte Biologe in Marburg, Darmstadt und in den USA. Er arbeitete in verschiedenen Berufsfeldern und engagierte sich in ökologischen Projekten im Ausland. Heute schreibt er Bücher und unterrichtet in Teilzeit an einer Grundschule. Mit den Kindern erforscht er ihre Umwelt und die Natur. Dabei fanden sie auch schon erloschene Reste von Sternschnuppen und waren bei einer der Exkursionen ganz in der Nähe des Nordpols. So nebenbei führt er sie auch behutsam in das digitale Zeitalter ein und stellt fest, dass er da noch viel von ihnen lernen kann.

Ernst Ludwig Becker

Los Molinos del Rio Aquas

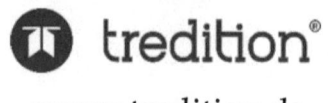

www.tredition.de

© 2020 Ernst Ludwig Becker

Verlag & Druck: tredition GmbH, Halenreie 40-44, 22359 Hamburg

ISBN:

Paperback   978-3-347-15768-2
Hardcover   978-3-347-15769-9

Coverbild: Lori Ann Becker

Das Werk, einschließlich seiner Teile, ist urheberrechtlich geschützt. Jede Verwertung ist ohne Zustimmung des Verlages und des Autors unzulässig. Dies gilt insbesondere für die elektronische oder sonstige Vervielfältigung, Übersetzung, Verbreitung und öffentliche Zugänglichmachung.

Los Molinos del Rio Aquas

Eine Quelle der Erinnerungen öffnete sich durch das Buch, das ich in meiner Hand hielt, obgleich ich noch keine einzige Zeile gelesen hatte. Allein der Titel war Anstoß für eine Flut von Bildern, Gedanken und Gefühlen, die sich in meinem Kopf sammelten und mich mehr und mehr auf eine Reise in die Vergangenheit entsandte. Es war das Buch aus der Bücherei das mir Manuel empfohlen hatte, und dessen Titel mich schon neugierig machte, als er mir davon erzählte. Es hatte den Namen einer Landschaft in Spanien, einer Region, die auch ich besucht hatte und in dessen Nachbarschaft auch ich ein paar Monate lang gelebt hatte.

In der Bücherei konnte ich mich nicht mehr so genau an den Titel erinnern oder ob es der korrekte Titel war, den mir Manuel gesagt hatte oder wie man den Namen richtig schreibt, geschweige denn, wer das Buch geschrieben hatte. Aber die freundliche Angestellte in der Bücherei fand das Buch im Register und es war nicht ausgeliehen.

Damit hatte ich nicht gerechnet, dass alles so leicht ging. Als hätte ich gehofft, das Buch heute nicht zu bekommen, gehofft jemand anderes hätte das Buch gerade ausgeliehen und war dabei es zu lesen. Ich nahm noch ein zweites Werk einfach wahllos aus dem Regal, eines das einen schönen, bunten Buchrücken hatte, weil ich nicht wollte, dass sie, die Büchereiangestellte, dachte ich wäre nur wegen diesem einen Buch gekommen, als hätte das Buch eine besondere Bedeutung für mich. Vielleicht wollte ich mir dies selbst nicht eingestehen, dass ich mir so viele Gedanken deswegen machte. Doch das tat ich. Darüber hinaus nahm ich noch zwei Dokumentationen aus der Spielfilmabteilung mit, und zu Hause legte ich alles auf den Beistelltisch im Wohnzimmer, das Buch mit dem herausfordernden Namen bewusst ganz nach unten, und ich kümmerte mich um die täglichen Aufgaben im Haus und in der Küche.

An diesem und auch die nächsten Tage ließ ich den Stapel mit dem Buch so liegen, ging meiner Arbeit nach, tat was getan werden musste, las in irgendeinem Kriminalroman, kurzum, lies den Dingen verhalten, scheinbar unbekümmert ihren Lauf, bis ich mir sagte, wenn du jetzt nicht mit dem Lesen beginnst, wird die Leihfrist verstreichen, wird irgendjemand das Buch vorbestellt haben, und ich werde es nicht schaffen, den Roman bis zum Ende durchzulesen. Auch die Neugierde und die Spannung war doch stetig gestiegen, ebenso das leichte Unbehagen über die Gedanken, die Erinnerungen, die durch die Geschichte geweckt werden könnten, zu denen, die mir schon jetzt durch den Kopf gingen, wo ich doch noch nicht einmal die Zusammenfassung oder die Kommentare auf der Rückseite gelesen hatte. Gedanken und Erinnerungen, die Erlebtes wieder lebendig machten, die Gefühle wach riefen, für die ich mich schämte und für solche, für die ich jetzt dankbar bin und ich diese Gefühle und Begebenheiten erfahren durfte.

*

Es begann alles an einem der letzten Tage im Hochsommer, an einem Augustwochenende. Nein, das ist nicht ganz korrekt es so zu sagen. Es begann natürlich alles viel früher, aber an diesem Augustwochenende platzte die Seifenblase, die wie ein schöner

Traum schon einige Zeit um mich herum waberte. Oder sollte ich besser sagen, platzte die Bombe, nahm das Schicksal unweigerlich seinen Lauf, wie es in dramatischen Situationen beschrieben wird? Es gibt Wendepunkte im Leben, auf die man keinen Einfluss hat. Und es gibt Wendepunkte, die man sehr wohl beeinflussen kann oder hätte beeinflussen können, für die man sehr wohl höchstpersönlich verantwortlich ist. Aber der Geist, das Herz, oder wäre es wissenschaftlicher die schwer steuerbaren Synapsen des Gehirns zu benennen, dirigieren manchmal ihre eigenen Stücke, lassen nur diese eine Entscheidung zu. Oder war es das Unbewusste, das seine eigenen Begehren und Forderungen hatte? Manchmal braucht es nur wenig und das Leben nimmt einen ganz anderen Lauf.

Ich lernte Xenia am Badesee kennen. Ein kleines Paradies am Rande der Stadt. Es war eine öffentliche Badeanstalt, eine ehemalige Tongrube, die mit viel Grün, mit Wiesen und Bäumen und Büschen umgeben war. Ein Teil des Sees war der Natur vorbehalten und seichte Badestrände, teils unter Bäumen, sowie ein mit Natursteinen eingefasster Schwimmbereich mit Sprungturm, umfassten den größten Teil des Gewässers. Im Eingangsbereich, an der Nordseite, lagen die Umkleidekabinen, die Toiletten und ein Kiosk. Dazu gehörte auch ein Raum für die Gartengeräte und alles, was in einer öffentlichen Badeanstalt benötigt wurde, sowie ein Aufenthaltsraum mit einer kleinen Küchenzeile für die Angestellten.

Ich war einer der Angestellten. Ich hatte einen Zeitvertrag für die Sommermonate, schon der zweite in Folge als Badeaufsicht. Eine Arbeit, über die man sich nicht beschweren sollte, war man doch den ganzen Sommer draußen an der frischen Luft, umgeben von einer idyllischen Landschaft und dem See, in dem man auch täglich schwimmen konnte, wenn das Wetter es zuließ. Bei schlechtem Wetter nahmen wir Gartenschere und Rechen zur

Hand, und kümmerten uns um die Hecken und Büsche am Rande der Liegewiesen.

Es war an einem dieser Tage, an dem keine oder nur wenige Badegäste wegen des regnerischen Wetters gekommen waren, und ich mit dem Rechen die Wege säuberte, als Xenia mit ihrem Fahrrad plötzlich neben mir stand. Ich sage plötzlich oder auch überraschend, weil mich die Arbeit mit dem Rechen schon öfters in eine meditative Stimmung versetzt hatte, sich die Welt um mich völlig auflöste, wenn der Weg vor mir durch die Striche des Rechens all seine Spuren und Unebenheiten verlor, sich die Steinchen gleichmäßig verteilten, so wie ich es auf Bildern von einem japanischen Garten gesehen hatte. Bildlich gesprochen reinigte und ebnete ich damit auch das geistige Wirrwarr in meinen Kopf und war in anderen Gedanken.

Xenia, ihren Namen kannte ich natürlich zu diesem Zeitpunkt noch nicht, sagte etwas belangloses über das Wetter und wie gerne sie hier schwimmen geht, wie sie dieses kleine Paradies liebt, mit all dem Grün und dem bezaubernden See, und auch weil es keinen Eintritt koste und ich sagte etwas über die Stammgäste, die fast bei jeder Witterung ihre Runden drehten, auch etwas über das Wetter, das Übliche halt und erst jetzt denke ich daran, dass sie mit dem Fahrrad eigentlich gar nicht auf das Gelände durfte, und die Räder auf dem Fahrradparkplatz vor dem Eingang abgestellt werden sollten. Aber ich vergaß diesen Umstand, was sicherlich am Wetter lag und der Tatsache, dass sonst niemand da war und vielleicht auch daran, wie überraschend sie auftauchte, wie sie aus heiterem Himmel mit ihrem Rad neben mir auf der Liegewiese stand und lächelte, das Fahrrad zwischen den Beinen hin und her bewegte, und mit ihren Händen um die Enden der Lenkstange strich. Wenn ich mich richtig erinnere, kamen wir dann auf meine Arbeit zu sprechen und wie großartig sie das findet, hier am See und in der Natur zu sein und ich fragte sie daraufhin, ob sie Lehrerin ist oder was mit Kunst zu tun hätte? Wie ich auf diese Annahme komme, fragte sie mich und ich antwortete, dass ihre Handinnenflächen rötlich sind und sie vielleicht mit Farben arbeite. Außerdem war sie hochgewachsen, hatte ein schmales, kantiges Gesicht mit einer markanten Nase, die Augen glänzten, was durch ein Pülverchen kam, wie ich später lernen sollte und die schwarzen Haare lagen wirr, zu einzelnen Strähnen in ihrem Gesicht, mit einem roten Band zum Teil nach oben gehalten, so wie ich mir eben eine Intellektuelle oder Künstlerin vorstellte.

"Nein, nein, das kommt von den Beeren und Kirschen. Ich sammele und esse die Beeren und das Obst, das wild an den Wegen wächst oder von den verwilderten Streuobstwiesen", sagte sie. „Unglaublich, was die Leute ungenutzt auf den Feldern stehen lassen. Die warten doch eh nur darauf, diese Äcker mal Bauland werden. Das ist doch viel zu schade. Keiner nutzt die verwilderten Gärten und ich kann mich sogar davon ernähren. Spare mir das Geld beim Einkauf. Hier gibt es auch sehr schöne Brombeeren." Das stimmte. An verschiedenen Stellen entlang des Zaunes wuchsen dichte Brombeerhecken. Xenia lehnte ihr Rad gegen eine Birke und lief zu einer der mit vielen Früchten bestückten Hecken hin. Ohne zu zögern folgte ich ihr, den Rechen noch in der Hand, und wir fingen an die reifen, saftigen Früchte zu pflücken und zu essen und sie erzählte mir davon, wie sparsam sie mit dem Essen war, denn viel zu viel Nahrung wurde weggeworfen, und überhaupt die Menschen maßlos waren und man mit weniger Arbeit und Verdienst auch gut leben könnte, sie kein Auto sondern nur ein Fahrrad hatte, dass „Smal Beautiful" ist und weniger mehr und wie befriedigend es ist, mit dem Rad durch die Stadt und die angrenzenden Felder und Wälder zu fahren, um nach Nahrung zu suchen. Pilze im Wald aufstöbern und auf den Äckern würde sie auch mal Kartoffel oder Zwiebeln stoppeln, also aufsammeln, die Reste, die von den Maschinen nach der Ernte liegen blieben.

So redete sie enthusiastisch, immer wieder die Arme ausstreckend und eifrig die tiefschwarzen, reifen Beeren lobend, die sie mit fast kindlicher Freude zufrieden in den Mund steckte.

*

Das war natürlich auch meine Philosophie. Die Menschen sollten nicht mehr erwirtschaften, als zum Leben notwendig ist, damit man die Ressourcen unseres Planeten nicht vorzeitig plündert. Wie oft wurde darüber schon berichtet und ermahnt. Ressourcen schonen, nachhaltig leben, vielleicht sowie einige Naturvölker, wie die Native People Nord Amerikas oder die Bewohner der Amazonaswälder. Sich in den Kreislauf der Natur einfügen. Nur so viel einbringen, damit die grundsätzlichen Bedürfnisse befriedigt werden können, und wer mehr hat teilt es mit denen, die weniger haben. Kann ich auf ein Auto verzichten oder brauche ich all die Kleider, die Schuhe, die Werkzeuge, brauche ich all die Dinge, die sich im Haushalt angesammelt haben? Wie verbringe ich den Urlaub? Wo kaufe ich ein und welche Lebensmittel sollten es sein? Sicherlich ökologisch nachhaltige Produkte, wenn möglich aus der biologischen Landwirtschaft wären gut. Leider kann sich das nicht jeder leisten, oder man gibt mehr Geld für andere Dinge aus als für Lebensmittel. Und das Obst aus verwilderten Gärten? Allerdings konnte ich mir dann doch nicht vorstellen, wie einhundertfünfzigtausend Einwohner sich von den Früchten in unmittelbarer Umgebung zur Stadt ernähren konnten, oder sogar nur etwas für den Nachtisch sammelten. Das wäre dann wie ein Schwarm Heuschrecken, der über ein Feld herfällt.

*

Ich nahm das Buch, drehte es auf die Rückseite und las den Klappentext und die Lobpreisung, öffnete es und überflog die kurze Zusammenfassung. Von einem erfolglosen Schriftsteller wird darin geschrieben, dessen langjährige Beziehung gerade endete, der sich mit dem Zug von Berlin auf den Weg in den Süden begibt und in einem andalusischen Fischerdorf an der Mittelmeerküste den Winter verbringt. Von einer Freundschaft mit einer Katze sind die Rede und die Begegnungen mit Menschen, die merkwürdig feindselig sind. Die Landschaft ist öde und der Wind kalt, kein Ort zum Bleiben, doch er bleibt. Und ich begann das erste Kapitel zu lesen.

Die Hauptperson in dem Roman in dem ich jetzt las, die Bezeichnung Roman war hinter dem Titel im Inneren des Buches angegeben, die Hauptperson, ein Mann bisher ohne Namen, er also hatte seine Stelle im Chemieinstitut gekündigt, schon vor einiger Zeit und war jetzt damit beschäftigt auch seine Wohnung, seinen Telefonanschluss und die Krankenversicherung zu kündigen, um an irgendeinen Ort in den Süden zu gehen, wo es warm und billig war. Es war ein Mann, der sein unglückliches Leben hinter sich lassen wollte. Vielleicht hat ihn auch etwas anderes getrieben, etwas von dem er noch nicht wusste was es war, etwas, das er noch suchen musste. Vielleicht eine Unzufriedenheit über seine Arbeit oder über die Stadt in der er wohnte, diese ganze jämmerliche Gesellschaft mit ihren Auswüchsen. Vielleicht weil alles auf einmal nur Routine war, weil er jeden Tag dasselbe tat, weil er einen neuen Sinn in seinem Leben suchte oder noch gar keinen hatte. Vielleicht auch wegen seiner gescheiterten Beziehung oder dem Druck von Wünschen und Anforderungen, von Erwartungen und Hoffnungen, denen er nicht gerecht werden konnte.

Und als ich die ersten Seiten gelesen hatte, und ich darüber nachdachte was er dachte, ich vielleicht einstmals annähernde Gedanken hatte oder die gleichen, da geschah es, dass es auf einmal nicht mehr ich war, der da nachdachte, sondern ich mich sehen konnte wie ich nachsann, sah mich, wie ich da auf der Couch lag mit dem Buch in der Hand. Ich sah, wie es schon langsam dunkel wurde und wie ich aufstand, das Licht einschaltete und die Jalousien herunter lies, langsam, in Gedanken versunken und ich noch sagen wollte: "Hallo, an was denkst du?" Aber ich wusste an was ich dachte und ich musste mir sagen, es ist Zeit das Essen vorzubereiten, und sicherlich wird Annika bald nach Hause kommen, und ob das jetzt so gut ist diese Gedanken zu haben, und diese Erinnerungen wieder aufkommen zu lassen? Ich sah noch, wie ich aus dem Fenster schaute, nach draußen in den Garten. Sah mich und sah dann den Baum, den wir zum Geburtstag unseres ersten Kindes gepflanzt hatten. Ich schaute noch einmal über meinen Kopf oder an meinem Kopf vorbei zu dem Baum, der schon im Dunkel langsam die Konturen verlor und langsam, sehr langsam, verblich das Bild und ich kehrte wieder zu meinem ich zurück. Wenn ich mich richtig erinnere.

*

Bäume waren für mich schon immer sehr wichtig. Als Kinder kletterten wir auf Bäume und bauten Baumhäuser. So nannten wir die wenigen Bretter, die wir über Äste legten und befestigten. Bäume, so wussten wir, sind wichtig für die Luft. Man kann Möbel und Türen aus ihnen bauen. Sie sind Wohnraum für die Tiere. An dem festen holzigen Stamm kann man sich anlehnen und unter ihrem grünen Laubdach dösen. Bäume sind Wissende und könnten viele Geschichten erzählen. Auch Xenia und ich saßen danach noch öfters unter einer der großen Weiden am See und erzählten aus unserem Leben. Wie sich herausstellte, war sie doch eine Künstlerin, jedenfalls für mich. Sie beschrieb mir etliche Figuren, die sie aus Pappmaschee herstellte, und ich war neugierig sie zu sehen.

So kam ich dann zu ihrer Wohnung. Ganz spartanisch. Die Vorhänge waren aus einer dünnen Abdeckfolie, wie Maler sie benutzen und hingen vor der Tür zu einem kleinen runden Balkon mit schmiedeeisernem Geländer, so wie sie in dem Viertel öfter zu sehen waren. Die Couch, ein paar Hocker und die Regale in Weiß. Auf den Regalen standen ihre menschlichen Figuren mit dicken Bäuchen oder langen dürren Beinen, bunt bemalt, auch eine Kuh war darunter. Aber im Regal gab es keine Bücher. Eigentlich holte sie Bücher nur aus der Bücherei oder aus der roten Telefonzelle, die ein paar Straßen weiter als Umtauschplatz für ausgelesene Romane oder andere Bücher umgerüstet worden war. Sie ging auch gerne zu Flohmärkten, um Sachen zu verkaufen oder günstig an das ein oder andere zu kommen, was man halt so braucht. Auch im Sinne der Nachhaltigkeit. Das waren Kleider zum Beispiel. Ich will nicht sagen es waren viele, aber die, die ich sah, waren grell in den Farben, nicht unbedingt extravagant aber doch so, wie ich mir die Kleider von einer etwas unkonventionellen Künstlerin vorstellte, unkompliziert und doch auffällig. Sie hingen offen auf dem Flur auf einer Holzstange oder einem Besenstiel, der quer die beiden Wände verband und sie fuhr mit der Hand über die Mäntel und zeigte mir welch großartige Sachen man ganz billig ergattern konnte. Ein alter Stuhl stand noch da, den sie gerade restaurierte und überhaupt mochte sie die Arbeit mit altem Holz. Sie war momentan auch mit dem Abschmirgeln des stilvollen Geländers im Flur beschäftigt, eine Sisyphus Arbeit, wie ich mir vorstellte. Allumfassend mochte sie alle handwerklichen Arbeiten und sie zeigte mir, was sie alles im Bad, in der Küche und im Schlafzimmer schon gefertigt hatte. Auch am Holzfußboden mussten noch einige Dielen abgeschliffen und versiegelt werden.

Eine Zucchini lag auf dem Küchentisch, aus dem eigenen kleinen, sonnigen Garten vor dem Haus, die sie für uns in Scheiben schnitt und in Olivenöl anbriet. Sie mochte die einfachen Sachen, keine komplizierten Gerichte, die Pizza mit nur ein oder zwei Belägen, sie war sparsam, obwohl sie nicht arm war. Aber sie war auch nicht geizig. Das hatte sie noch einmal hervorgehoben, noch einmal betont, bevor ich mich verabschiedete und mich auf den Heimweg machte. Nicht geizig, nur so unabhängig wie möglich.

*

In meiner Fantasie konnte ich die Welt aus der Höhe beobachten. Schon als Kind liebte ich es, mich in eine Blumenwiese oder ins Laub im Wald zu legen und nach oben in den Himmel zu schauen, um mir dann auszumalen, wie ich langsam aufsteigen würde, und mir die ganze Welt um mich herum anschauen konnte. Später in der Stadt tat ich das dann auch im Bett, sah mich von weit oben in dem Zimmer liegen und versuchte mir vorzustellen, was um mich alles passierte. Eigentlich war das gar kein Versuch, sondern ich konnte tatsächlich und wirklich und bildlich sehen, was um mich geschah. Dabei konnte ich mich wahrhaftig aufschwingen, hoch über die Dächer. Und ich konnte fliegen. Richtig fliegen und das war so real. Nicht so wie ein Vogel. Ich musste die Arme nicht bewegen. Ich konnte schweben oder mich auf und ab bewegen, im Sturzflug fallen, oder hoch und noch höher bis zu den Wolken mich erheben.

Das ist jetzt schon lange her. Noch als Jugendlicher konnte mir das gelingen und später, als ich den Film die wunderbare Welt der Amelie sah, dachte ich, so ähnlich war es auch bei mir. Und jetzt, durch dieses Buch kamen diese Erinnerungen wieder. Bisher sind es nur Erinnerungen, Bilder und Sequenzen, Abrisse von einem Film, den ich vor mir sehe. Vor mir sehe, wenn ich die Augen schließe oder auch so, einfach in meinem Kopf. Sequenzen, die noch bruchstückhaft sind, noch nicht die ganze Geschichte erkennen lassen, aber Teile von ihr. Am Anfang, irgendwann später, in der Mitte, das Ende und die Bilder dazwischen. Ich sehe von oben auf die Landschaft, auf die kahlen Bergrücken mit den trockenen Flussbetten dazwischen, ein paar grünen Oasen und die Felder mit den Olivenbäumen. Ich sehe die Straßen, die die Dörfer und Städte verbinden. Aber noch bewegt sich niemand, es ist fast wie eine dreidimensionale Landkarte, auf die ich jetzt blicke. Es ist der Name des Buches, der die Erinnerungen weckt. Cabo de Gata. Und ich begebe mich auf die Reise

.

*

Ich kam zu spät zu einer Feier bei Freunden. Es war Samstag, der letzte Samstag im August. Annika fragte mich, warum ich später kam oder so spät kam. Oder so ähnlich. Ich kann mich nicht mehr an die exakten Worte des Gespräches erinnern oder sie gar rekapitulieren. Natürlich ist es schon so lange her, und irgendwie hat es auch mit der Anspannung zu tun, oder dem Durcheinander an Gedanken, Gefühlen und der Zerrissenheit, die mich damals überfiel. Ich hätte nur sagen brauchen, es gab noch Probleme bei der Arbeit, ich traf noch einen Bekannten am Badesee und wir haben uns dann doch länger unterhalten, oder es war etwas mit dem Fahrrad auf dem Weg nach Hause und alles wäre ganz anders gekommen. Ja, es wäre ganz anders gekommen. Oder doch anders, als es damals seinen Lauf nahm.

Ich sagte aber, ich hatte eine Frau kennengelernt, eine Künstlerin, und ich hätte mir ihre Kunstwerke angesehen und ja, dass ich schon öfters bei ihr war, was dann auch stimmte und ich Gefühle für sie hatte. Das sagte ich, nachdem Annika mich danach fragte. So war das, soweit ich mich erinnern kann oder erinnern will, weil es doch keine schöne Erinnerung ist, weil es mir weh tut, mich daran zu erinnern. Es war eine unangenehme Szene, die sich da bei unseren Freunden abspielte. Zu Hause forderte Annika mich auf, die Wohnung zu verlassen. Ich steckte ein paar Kleider in einen Rucksack, nahm das Fahrrad und ging.

Es war Sommer. Die Nächte waren noch warm. Ich fuhr, fuhr mit dem Rad unbewusst entlang der Straßen, sah nur schemenhaft die Häuser, nur andeutungsweise die Menschen, die noch auf den Gehwegen bummelten. Auf einer Bank am Weiher im Stadtpark kam ich letztendlich wieder zur Besinnung. So erinnere ich mich. Ich spürte Angst, Angst vor der finstern Nacht, die sich vor mir auftat. Angst und Zweifel über die Entscheidung, die ich getroffen hatte. Ich war bestürzt von dem was an diesem Abend geschehen war und machte mir Sorgen über das, was noch kommen würde. Vor der Nacht im Park und die Tage, die noch vor mir lagen. Mein Gott, was hatte ich getan? Hatte ich gerade meine Familie verlassen? Hatten die Kinder etwas mitbekommen? Stand da nicht der Sohn mit ungläubigen Blicken im Wohnzimmer? Aber mir war, als wäre ich in einer Trance, als wäre das Alles nicht real und ich konnte auch den Film nicht anhalten und sagen: „Es ist nicht so wie es aussieht! Es wird wieder gut!" Es war nicht gut. Ich weiß nicht mehr, wie lange ich auf der Bank gesessen hatte. Ich erinnere mich nur dunkel an das Geschehen um mich herum. Aber ich spürte wie sich die Gedanken sammelten, etwas passieren musste, ich planen musste, ich nun etwas tun musste.

Zu Xenia konnte ich nicht gehen. Ihr Reich wollte sie mit keinem teilen oder nicht so schnell. Das hatte sie in unseren Gesprächen schon klar vermittelt. Es waren noch ein paar Tage, bis mein Zeitvertrag endete, noch ein paar Tage in dieser Sommersaison. Ich musste einen Plan machen. Ich könnte zu Freunden gehen. Oder? Oder doch bei ihr klingeln? Ich klingelte. Sie machte die Tür auf. Dieser eine Augenblick. Sie an den Türrahmen gelehnt, ich mit meinem Rucksack an der Seite. „Ach", sagte sie nur. Keine weiteren Worte. Ich konnte die Nacht auf der Couch schlafen. In Gedanken. Sie in ihrem Schlafzimmer, in ihren eigenen Gedanken.

Am nächsten Tag nach der Arbeit ging ich zur Mensa der Universität und schaute auf das Schwarze Brett nach Zimmerangeboten für Studenten und schon die zweite Nacht schlief ich im Bett eines Fremden, der zu dieser Zeit auf einer Reise in Australien war. Das kleine Zimmer war eines von vier Schlafzimmern in der Wohngemeinschaft, und die Studenten teilten sich ein gemeinsames Wohnzimmer und die Küche. Vor der Tür, entlang des offenen Durchganges zu den einzelnen Wohneinheiten, stapelten sich jede Menge leerer Bierkästen. Wir kochten zusammen, speisten zusammen und ich erzählte meine Geschichte. Ich war dreimal ihres Alters. Meine zwei neuen Kommilitonen und die neue Kommilitonin, so fühlte ich mich bereits wieder als Student, erzählten von ihren Kochkünsten, von Partys und ihrem Studium. Sie erzählten von Problemen im Badezimmer, von der Ordnung oder besser Unordnung im Flur, von Problemen mit dem Vermieter, von ihren Plänen für die Zukunft und den Reisen. Was konnte mir Besseres passieren? Musste ich nicht auch die kommende Zeit neu planen? Wir beflügelten uns Gegenseitig mit immer neuen Ideen. Inspiration fand ich in einigen der Bücher, die im Wohnzimmer verstreut auf dem Tisch, der Fensterbank oder zum Teil auf dem Boden lagen. Eines der Bücher informierte über Ökodörfer und alternative Wohngemeinschaften. Wäre das nicht auch eine Möglichkeit? Kim, Tom und Yannik, meine jungen Mitbewohner, berichteten von einem Ökodorf im Norden und ihren Erfahrungen mit den Menschen dort. Geradeso könnten sie sich auch eine Zukunft, wie in diesem Dorf vorstellen und vielleicht auch für die Zeit, wenn sie einmal ganz alt sind. Zusammen in einer Wohngemeinschaft leben, wenn die Chemie untereinander stimmt. Sie gestanden mir später, wie interessant und spannend sie es fanden mit mir zusammen zu sein, weil ich ja viel älter war. Da kämen doch ganz andere Erfahrungen und Vorstellungen mit in die Gespräche. Nach vielen Jahren habe ich dann erfahren, dass sie tatsächlich eine alternative Wohngemeinschaft gegründet hatten. Mit Menschen unterschiedlichster Altersgruppen, in verschiedenen Häusern, aber mit einem gemeinsamen Innenhof. Gar nicht so weit weg vom Badesee.

Wenn die Chemie stimmt. Die Menschen füreinander sorgen können. Wollte ich das Gleiche nicht auch einmal, als ich Student war? Ein Projekt auf einem Bauernhof. Gemeinsam mit anderen einen Traum verwirklichen. Zusammen mit anderen konnte man doch besser die Verantwortung teilen. Geteiltes Leid ist halbes Leid. Mit vielen ist man mutiger. Mit vielen kann man es schaffen. Wenn die Chemie stimmt. Ich hatte mich entschieden. Ich wollte zu einer dieser alternativen Gruppen.

*

Erst am nächsten Tag hatte ich wieder Zeit zum Lesen. Er, die Hauptperson des Romans, war noch nicht abgereist. Zuvor ging er zu seinem Vater, um sich zu verabschieden. Ich kann mich nicht mehr genau erinnern, aber ich denke es war in Berlin, wo sein Vater, ein ehemaliges SED Mitglied, an einer Hochschule oder einem Institut gearbeitet hatte, genauer gesagt im ehemaligen Osten von Berlin, wo er, der Vater, nach der Wende in Frührente gehen musste. Immerhin hatte er eine gute Rente. Viele seiner jüngeren Kollegen und andere Menschen hatten nur Zeitverträge oder gar keine Arbeit. Eine ungewohnte Situation nach den Jahren in einem sozialistischen System. Das jedenfalls sagte er seinem Vater, als dieser den Umbruch scharf kritisierte und über sein Schicksal wehklagte. Aber war es nicht so, dass die meisten Menschen diesen Umbruch wollten? Die Montagsdemonstrationen,

die politischen Veränderungen im Osten, das Unabhängigkeits-
bestreben. Die Planwirtschaft hatte versagt, der Sozialismus
konnte nicht alle Wünsche und Träume seiner Bürger erfüllen.
Eingeschlossen sein, nicht die Freiheit zu Reisen, wohin man
wollte. Die Gängelung durch die Politkader. Dem Westen wirt-
schaftlich unterlegen. So konnte das Volk nicht weiter wirtschaften. Und doch ein Klagen?

Diese Zeilen veranlassten mich über meine Einstellung zu den
Menschen im damaligen Osten nachzudenken, und so wie ich sie
heute nach der Wiedervereinigung sehe. Ich kannte die Grenz-
kontrollen, die quasi militärischen Anlagen, die mit hohen Zäu-
nen und Stacheldraht die Schleuse zur anderen Seite bildeten. Ich
sehe uns noch vor mir, wir, die im Bus der Jugendgruppe nach
Berlin saßen und ein in grauer Uniform gekleideter und mit Ge-
wehr ausgerüsteter Grenzsoldat uns ängstlich im Sitz verharren
ließ. Ich sehe noch das Gesicht des Kontrolleurs, der den Ausweis
stoisch und mit aller Zeit der Welt öffnete, um mit unbewegtem
Ausdruck oder vielleicht sogar etwas verächtlich uns Wessis auf
die Transitstrecke nach Berlin den Einlass zu gewähren. Ich
kannte Berichte und Filme von unterdrückten Menschen, Menschen, die flüchten oder flüchten wollten, vom Staatssicherheits-
dienst, von Spitzeln in der Nachbarschaft, den Arbeitskollegen o-
der sogar in der eigenen Familie. Wer sollte da wem vertrauen?
Und wie sollte ich jetzt damit umgehen? War es nicht nachvoll-
ziehbar, dass ich mich fragte, auf welcher Seite stand mein Gegenüber, wenn ich jetzt Menschen aus der ehemaligen Ostrepublik
kennenlernte? War er Unterdrückter, Mitläufer, Kollaborateur o-
der gehörte er womöglich zu den Mitschuldigen, den Unterdrü-
ckern, den Verantwortlichen? Nur bei den jungen Menschen hatte
ich keine Bedenken. Im Gegenteil. Sie wuchsen in einer Zeit
heran, die auch ich gut kannte, die Zeit ohne Arbeit und die vielen

Zeitverträge, das Gefühl von Überflüssigkeit, ohne Erfolgserlebnisse, ohne Anerkennung, von Frust und Eintönigkeit. Daran musste ich bei den jüngeren Kollegen des Vaters aus Ostdeutschland denken. Vielleicht oder sicherlich waren das auch für mich beherrschende Gründe für meinen Aufbruch, meinen Wunsch ein alternatives Leben zu führen. Es war nicht nur der Ärger über den kranken Kapitalismus, die stetige Suche nach neuen Marktanteilen, Wachstum und Expansion, Absatz, Vertrieb und Gewinnspannen. Es waren nicht nur die dicken, fetten Gehälter der Banker und der Vorstandsvorsitzenden, die Unfähigkeit der Politiker, die Ungerechtigkeit der Welt und der Konsumterror. Auch davor könnte man flüchten. Doch wohin? Ich wollte nur wissen, was es bedeutet wieder zu leben. Wieder teil zu haben an der Welt. Zu spüren. Dem Leben Bedeutung geben.

*

Es ist grotesk, aber die günstigste Weise nach Almeria zu kommen, war mit dem Flugzeug. Das passte natürlich ganz und gar nicht in mein Weltbild, aber mit dem was ich mir angespart hatte und was für die nächste Zeit zur Verfügung stand, konnte ich mir kein ökologisches Gewissen leisten. Ich wusste noch nicht einmal, wie lange die "nächste Zeit" dauern sollte. Ich wusste nur, ich musste für Kost und Logis in diesem Projekt in der Nähe von Almeria ein paar Stunden am Tag mitarbeiten. Dachte ich. In dem Buch über alternative Wohnprojekte, das mir Kim geliehen hatte, war von einem wunderschönen Dorf im Süden von Spanien die Rede, in dem junge Menschen aus allen Herrenländern gemeinsam die alten maurischen Terrassengärten bewirtschafteten und erhalten und spezielle Gartentechniken für wüstenhafte Regionen erprobten. Es war die Wärme, die mich ansprach, der exotische Süden, die trockene, karge Landschaft und auch der internationale Flair und ich übersah den Hinweis, dass für den Aufenthalt auch ein Beitrag bezahlt werden sollte. Aber die Dinge konnten wir klären.

Es gab viele Gespräche mit Annika, die zur Entspannung unseres Konfliktes beitrugen, aber mich nicht von meinen Plänen ablassen konnten. Es gab auch Gespräche mit Xenia, die am liebsten sofort ihre Koffer gepackt hätte und mitgekommen wäre. Aber ich wollte allein los, wollte unabhängig sein und noch einmal das unbeschwerte Gefühl der Jugend erfahren, mich noch einmal von Stunde zu Stunde und von Tag zu Tag treiben lassen. Es würde schon irgendwie funktionieren mit dem Geld und das Leben war wieder frei von Versicherungen.

Ich landete am frühen Morgen auf dem Flughafen von Almeria und nahm den Bus in die Stadt. Die Orientierung in neuen Situationen und das Lesen von Fahrplänen hatte ich noch nicht verlernt, und es kam auch in den nächsten Tagen mit einer sicheren Routine wieder zurück. Es gab auch nichts, was mich drängte, ein Zeitplan, den ich einhalten musste. Es gab nur ein Ziel, einen Ort, den ich erreichen wollte. Ich hatte Zeit.

Ich kann mich nicht mehr erinnern, welche Straßen, welche Wege ich damals ging. Ich kam noch mehrmals zurück in die Stadt in dieser Zeit und erinnere mich an die große Rambla, wie man sie auch in anderen spanischen Städten sehen kann. Für mich teilte sie die Stadt in zwei Hälften, wobei ich die eine mehr als die Altstadt mit ihrer Festungsanlage, der Alcazaba in Erinnerung habe und ich den anderen Teil, der östlich der Rambla lag, den Stadtteil der Bürger und Arbeiter nannte. Ich nannte ihn so, wegen der Mietshäuser und den geschäftigen Straßen. Aber es gab auch die nicht sehr großen, schlichten Häuser, die dicht beisammen lagen. In den Vorgärten waren zahlreiche Büsche und Bäume gepflanzt, die über die hohen Mauern und Zäune ihre bunt blühenden Zweige fallen ließen. Hier, wo kleine Geschäfte und Handwerksbetriebe ein reges Treiben verursachten und kleine

Bars und Cafés tagsüber mit verführerisch, duftenden Backwaren einluden, oder am Abend zu geselligem Treiben in die Tapas Bars lockten. Um das nur richtig zu stellen, auch in der Altstadt gab es mehrere Tapas Bars, in denen am Abend Flamenco Musik mit spanischen Gitarren und rauen Männerstimmen, mal romantisch traurig oder wild intonierte, von Unabhängigkeit oder Liebe erzählende Balladen zu hören waren. Aber für mich war das mehr für die Touristen gedacht und initiiert, während in meinem Viertel, wo ich auch später in einer Herberge öfters übernachten würde, wo mein Internetcafé war und ich die ein oder andere Runde auf der Strandpromenade gegangen war, die Einwohner unter sich blieben und nur wenige Touristen zu sehen waren. Ja ich das Gefühl oder den Gedanken bekam, dass Touristen hier gar nicht erwünscht waren. Man konnte stundenlang in einem der Cafés auf der Promenade sitzen und den Familien zuschauen, wie sie sich mit Küssen begrüßten, sich am Tisch verteilten und dem ältesten Mitglied den windgeschützten und sonnigsten Platz zurechtrückten. Wie sie pausenlos redeten, als hätten sie sich wochenlang nicht gesehen und sich fast überschlugen mit ihren Erzählungen, einer an den Worten des anderen ansetzte oder zeitgleich den Rest unterhalten wollten. Immer, wenn ich in die Stadt kam, ging ich zu derselben Tapas Bar und wurde bald als Stammkunde freundlich begrüßt und, vielleicht nicht so beachtet aber wohlwollend toleriert, saß ich im Café an der von Palmen gesäumten Promenade, verfolgte das Geschehen am Strand, ließ die sich händchenhaltenden Paare an mir vorbei flanieren, schaute über das Meer, auf dessen anderer Seite Afrika lag.

Wenn ich den Blick über den Horizont nach Westen gleiten ließ, musste ich über die Touristen in ihren Touristenburgen schmunzeln, die in der Ferne abseits unseres beschaulichen Daseins, in ihrem abendlichen Lichtermeer ertranken. Aber das kam alles nach und nach. Zuerst wollte ich nach Sorbas, eine kleine Stadt in der Nähe einer Ansammlung von Häusern, die sich Los Molinos del Rio Aquas nannte.

*

Er hatte noch keinen Namen genannt. Er erinnerte sich und erzählte. Diese Worte hatte er öfter benutzt. Ich erinnere mich. Ich
erinnere mich. Er, der seine Wohnung und alles gekündigt hatte,
alle Verbindungen und Verpflichtungen hinter sich gelassen
hatte, fuhr mit dem Zug nach Barcelona und weiter mit dem Bus
nach Almeria, steigt nur am Busbahnhof aus, um dann gleich
seine Reise fortzusetzen. Auch er, so wie ich, erinnerte sich an die
Fahrt aus der Stadt, an Fabrikgerippe, niedrige, einfache Häuser.
War da nicht auch ein Autosaloon? Oder war das eine andere
Stadt? An Antennen und Kabelgewirr, an leere, rostige Fässer, an
Müll und mit Müll gefüllte Plastiktüten, die jemand sorglos am
Straßenrand deponiert hatte. An staubige Laternen und rostfarbe-
bene Dachflächen, zerfallene Mauerreste und die gelbe Plastiktüte
an den Stacheln der Agave. Ich versuchte mir vorzustellen, wie er
in dem Bus saß, nach draußen schaute, vielleicht mit dem Kopf
auf den Arm gestützt, der auf dem schmalen Rand am Fenster
ruhte. Ist da nicht auch das kleine Restaurant mit den Lichterket-
ten oder bilde ich mir das jetzt ein? Schließlich ist es nun die erste
Strecke, die erste Etappe einer Reise, die wir beide gesehen und
befahren haben, er viel früher als ich, ich viel später als er. Ich
fahre im Geiste noch einmal die Strecke entlang und versuche zu
sehen, was er gesehen hatte. Sehe es durch meine Augen und sehe
es durch seine Augen. Fühle das, was er beschreibt, mit meinen
eigenen Gefühlen und so verschmelzen seine Worte und Sätze zu
meinen eigenen Erinnerungen und ich hätte ihm dann gerne zu-
gerufen, „Fahr zurück in die Stadt, du musst zurückfahren, du
musst dir die Zeit nehmen, um diese Menschen hier kennenzulernen." Sein Reiseführer, sein Buch muss sich geirrt haben und
auch er soll durch die Straßen schlendern, soll sich an den exoti-
schen Blüten ergötzen. Auch er soll die Rambla auf und ab gehen,
und den jungen Menschen auf den breiten Bürgersteigen folgen,

sich mit ihnen vor den bunt dekorierten Schaufenstern erfreuen. Die Stadt ist nicht nur der Busbahnhof und er mit falschen Vorstellungen jetzt in die Fremde zieht. Und trotzdem freue ich mich die Bilder noch einmal vor meinem inneren Auge zu sehen, die Bilder der Fahrt aus der Stadt, die wir beide erlebt haben, auch wenn ich mir nicht sicher bin über das Gartenlokal oder den kaputten Kinderwagen, die verstaubte Palme, die im mit Beton gefüllten Boden ihr Dasein fristet. War es nicht das gleiche Gefühl, das mich damals beschlich, ein Bild von Trostlosigkeit auf dem Weg in eine spannende, erlebnisreiche und ungewisse Zukunft? Konnten Menschen die exakt gleichen Gefühle fühlen, die exakt gleichen Gedanken denken? War das, was ich jetzt lese auch das, was ich damals erlebt hatte? Hatte ich nicht die gleichen Dinge gesehen, die er gesehen hatte? Konnte die verstaubte Palme im betonharten Boden, die ihr Dasein fristet, nicht auch ein Zeichen von Trotz und Widerstand sein? Ich legte das Lesezeichen zwischen die Seiten, schloss das Buch und versuchte mir diesen Widerstand vorzustellen.

*

Am Nachmittag, nachdem ich die Festungsanlage, von der man einen Blick auf die ganze Stadt hatte, erklommen hatte, die Burg, die mich mit ihren Bögen und Zinnen, ihrer Architektur in die Zeit der Mauren versetzte, nachdem ich die Alcazaba besichtigt hatte, nachdem ich durch die Altstadt meine Runden gegangen war, am Hafen vorbei, wo noch die alte, verrostete Verladevorrichtung ins Wasser ragte, wo früher das Erz aus den Bergen auf Schiffe verladen wurde, nachdem ich die Promenade auf und abgegangen war und nachdem ich in der Biblioteca Publica Francisco Villaespesa eine Mail an Annika und die Kinder geschrieben hatte, machte ich mich auf den Weg zum Busbahnhof. In der großen Wartehalle gab es neben dem Schalter für die Busfahrscheine, kleinere Geschäfte und ein Café. Ich kaufte die Fahrkarte nach Sorbas und in einem kleinen Lebensmittelladen ein Flasche Wasser, eine PET Flasche, die mir die nächsten Wochen und Monate nicht von der Seite ging, die ich immer wieder nachfüllte und die auch nachts neben meinem Bett stand. Über der Ausgangstür war eine Anzeigetafel mit den Abfahrtzeiten und der Nummer des Busbahnsteigs. Der Busfahrer half den Leuten ihr Gepäck verstauen und auch meinen Rucksack packte er in die untere Ladefläche, bevor er sich wortreich von seinem Kollegen verabschiedete, die Zigarette ausdrückte, einstieg und mit einem Zischen die Türen verschloss.

Im Reiseführer hatte ich gelesen, dass die Provinz Almeria von einem wüstenähnlichen, trockenen Klima beeinflusst wird, und es hier viele trockene Flussläufe gibt, die auch für die Filmkulisse einer Goldgräberstadt schon herhalten mussten. Ich hatte eine andere Vorstellung über diese Landschaft, denn es war dann doch ein arges Gefühl, das mich umschloss, wenn man aus den grünen Mittelgebirgsregionen der Heimat, mit ihren saftigen Wiesen und flächendeckenden Wäldern kommend, in die kargen, ausgetrockneten und vom Wind und Zivilisationsmüll zerfledderten Stadtrandgebiete fuhr. Als gäbe es hier keine Gesetze, keine Müllabfuhr, keine Verantwortung. Ein Niemandsland, in dem jeder tun und lassen konnte was er wollte. Oder war man hier dem Kampf gegen die Natur unterlegen? Hatten die Sonne und die Sandstürme das Gemäuer zerrieben, war es zu mühselig die Schilder wiederaufzurichten, hatte man es aufgegeben den Zaun oder die Fenster zu reparieren, das rostende Auto abzuschleppen? Es wurde dann ansehnlicher, draußen, in den Bergen, wo nur die Steine und wenige Pflanzen die Landschaft prägten, wo später Olivenhaine das Bild übernahmen und die Landwirtschaft wieder ihre ordnende Hand über die Landschaft legte. Eine ordnende Hand, wie ich später erfuhr, die für das wachsende Problem der Wasserversorgung in der Region verantwortlich war, weil die Plantagen das Wasserreservoir beträchtlich strapazierten.

Der Bus hielt gegenüber einer Bar mit Restaurant, an einem großen, sandigen Platz. Es war schon später Nachmittag und mein eigentliches Ziel, Los Molinos del Rio Aquas, hatte ich noch nicht erreicht. Ich lief entlang der Landstraße, die Richtung Osten nach Los Molinos führte und schaute auf den Ort Sorbas, der zur linken Seite auf einem hohen Felsplateau lag. Die Häuser, alle in weißer Farbe, klebten aneinander, drängten sich zusammen, damit auch jedes seinen Platz haben sollte und so kam mir der Ort wie eine Festung vor, die sich zum Schutz gegen Eindringlinge auf diese Felswände zurückgezogen hatte und alle Häuser hielten aneinander fest, damit auch keines in Tiefe stürzte. Ich erinnere mich nicht mehr an alle Details des Weges nach Los Molinos, obwohl ich diesen noch öfter gehen werde. Ich erinnere mich an einen Baum, der an der alten Straße in die Berge stand, der wie ein Wegweiser mir die Richtung zeigte. Ich erinnere mich an die Brücke über den Rio del Aquas, an das Schild, das auf die „Cuevas de Sorbas" aufmerksam machte, die berühmten Höhlen von Sorbas, die ich aber nie besuchen würde. Ich erinnere mich an ein weißes Gebäude, das für mich wie eine Kapelle oder eine kleine Kirche aussah, an welchem auch einige Bäume einen kleinen Park bildeten, und man einen wundervollen Ausblick über die Tal Ebene mit dem Fluss hatte. Das kapellenähnliche Gebäude entpuppte sich als eine Zisterne für Wasser, und an dieser Stelle sollten wir einige Wochen später eines der wundervollsten und spektakulärsten Naturschauspiele beobachten können, die mir in dieser Zeit dargeboten wurden. Ich erinnere mich an die vielen Serpentinen entlang der Straße, die karstige, von Rinnen und kleinen Schluchten durchzogene, steinige Landschaft mit Büschen in verschiedenen Größen und Farben und den abgestorbenen Kräutern. Später fand ich Abkürzungen oder ich fuhr per Anhalter. Auch bei den Versorgungsfahrten fuhr ich mit, um das notwendige Kontingent an Lebensmitteln einzukaufen, die wir nicht anbauen konnten oder Dinge, die für den persönlichen Gebrauch gedacht waren, was in der Regel und besonders zum Ende der Woche aus

Rotweinvorräten bestand. Die Fahrt endete fast immer damit, dass die Einkäufer sich in Sorbas auf ein Bier und eine Kleinigkeit zum Essen trafen, eigentlich mehr, um wieder unter Leute zu kommen. Auch an diesem Abend war eine Gruppe von Sorbas zurück nach Los Molinos. Zum Glück, denn es war schon stock-finster als sie mich am Straßenrand aufsammelten und wir in Los Molinos del Rio Aquas ankamen.

*

Zugegeben, ich hatte die Reise vorher gut geplant. Hatte mich in Los Molinos angemeldet und wusste, wohin und wie ich dort ankommen konnte, was ich alles gebrauchen könnte und was mich in etwa erwartete. Er dagegen fuhr einfach los, auf der Suche nach etwas, von dem er noch nicht einmal wusste was es war. Den Zeichen folgend, dem Gefühl oder einer Eingebung. Keine Reser-vierung, die spontane Aktion, einfach der Gelegenheit oder dem Zufall nachkommend. Es war sicherlich der Name, es war viel-leicht die Idee in die wärmste Region Europas zu reisen. Er ließ sich einfach treiben, ließ die kleinen Dinge des Tages geschehen, ließ alles auf sich zu kommen und beobachtete und dachte und interpretierte und hinterfragte und schrieb und erinnerte sich. Aber auch er strukturierte seinen Tag, folgte dann einem Zeitplan, ging bestimmte Wege oder saß auf immer der gleichen Bank am Meer und wartete auf das was geschehen würde. Ich hatte das Buch jetzt fast zu Ende gelesen und wusste, auch ich würde bald nach Cabo de Gata kommen, auch ich würde den Salzsee mit den Flamingos sehen, den vom Wind gepeitschten Ort, der im Winter wie verlassen wirkte. Ich bald an der Promenade entlanglaufen werde, vorbei an den kastenförmigen Häusern, hinter denen sich selbst die Schatten vor dem Wind zu verstecken schienen. Hatte ich nicht auch das maurische Fenster gesehen oder das halb herabgelassene schwarze Gitter? War da nicht die in einer engen, roten Hose bekleidete Frau mit einem kräftigen Hintern, die uns die Getränke an den Tisch brachte? Wenn ich von dem Schriftsteller gewusst hätte, damals, ich hätte die Frau mit dem dicken Hintern befragt. Cabo de Gata, - liegt es an meinen Erinnerungen oder weckt schon der Name eine Sehnsucht? Es gibt Orte mit Namen, die eine magische Anziehungskraft haben. Cabo de Gata. Da war es wieder, dieses Gefühl, das mich beschlich, wie zuvor, als ich im Bus aus Almeria fuhr. Vielleicht lag mein Arm jetzt auch auf dem Tisch, auf dem er seine Notizen machte. Schaute ich jetzt nicht auf das gleiche Meer, sah die Bank und die Steine am Strand. Ein Hund, der schnüffelnd am Straßenrand entlanglief, den Schwanz steil in der Luft, erscheint vor meinem inneren Auge. Konnte das, was damals geschehen war, nicht noch einmal geschehen? Konnte es nicht der gleiche Hund sein, nur etwas älter? Es wiederholen sich doch die Geschichten. Es wird immer wieder ein Hund am Straßenrand entlanglaufen. Und während ich hier sitze und schreibe, schlagen die Wellen auf die Steine am Strand von Cabo de Gata, spült das Wasser das Treibgut an Land. Der Wind bläst den Sand ins Landesinnere und spielt mit den Folien der Gewächshäuser. Am Ufer sitzen zwei Männer auf der Bank und schauen aufs Meer.

*

Los Molinos del Rio Aquas war eine Ansammlung von wenigen Häusern, die sich an die nördliche Seite des Tales schmiegten. Von der Straße aus führte ein zuerst breiter, unbefestigter Weg in Richtung Tal, wo auch einige Autos parken konnten. Zu Fuß führte der Weg weiter, oberhalb der Terrassen, die angeblich schon von den Mauren angelegt wurden, und die zum Teil mit verschiedenen Bäumen bepflanzt waren. Die Orangenbäume waren voller Früchte und mit den unterschiedlichen Palmen, die etwas weiter in einem privaten Garten wuchsen, sah der Ort wie ein exotisches Paradies aus, wie eine Oase in der steinigen, trockenen Landschaft. Der strahlend blaue Himmel tat das seinige dazu, das Bild eines Garten Edens zu verklären. In einigen Parzellen der Terrassen war die Erde frisch aufgegraben, und man konnte die unterschiedlich großen Beete von oben sehen, einige mit kräftiger, grüner Bepflanzung, andere schienen erst neu angelegt worden zu sein. Bewässert wurden die Terrassen aus einem kleinen Kanal, der das Wasser aus einer Quelle in den Bergen herbeiführte, die niemals versiegte, die also das ganze Jahr Wasser führte und deshalb auch dem Fluss seinen Namen gab. Rio Aquas, der Fluss des Wassers, um nochmals zu bestätigen, dass dieser Fluss die ganze Zeit Wasser führte, im Gegensatz zu den vielen ausgetrockneten Flussläufen, die sich hier im Süden Spaniens durch die trockene Landschaft ziehen. Auch der Kanal war schon vor hunderten von Jahren von den Mauren in den Berg gehauen, und in Rinnen aus Stein am oberen Rand des Tales weitergeleitet worden. Ein Haus, das unterhalb des Kanals lag, hatte früher einen Anschluss zum Wasser und diente als Mühle für das Getreide, das auf den Terrassen angebaut wurde. Die noch verbliebenen Häuser, waren allesamt Wohnhäuser, lagen oberhalb der Terrassen und waren ganz in weiß gekalkt. Mit den blauen Fensterläden und den roten Blüten der Bougainvillea strahlten sie wie mediterrane Urlaubsbilder, was noch durch die am Weg wachsenden Feigenkakteen bekräftigt wurde. Ich darf nicht vorweggreifen, doch es sind diese Bilder, die mir vorab in meinen Erinnerungen sichtbar werden. Meine ersten Eindrücke allerdings sammelte ich im Lichtkegel einer Taschenlampe, weil, wie ich schon sagte, es stockfinstere Nacht war, als ich mein neues Zuhause endlich erreichte.

Begrüßt wurde ich von Sheila, die Leiterin oder Sprecherin des Wohnprojekts. Das heißt, Rachel, die mich auf dem Weg nach Los Molinos aufgelesen hatte, konnte mir im Auto schon einiges über das Leben und Arbeiten im Projekt erzählen. Zum Beispiel, wie sie den Strom aus Solaranlagen bezogen, der in Batterien gespeichert wurde. Nachts wurde deshalb, wann immer es möglich war, auf elektrisches Licht verzichtet, um den Strom für eventuelle Notfälle zu sparen. Das gemeinsame Wohnzimmer war von Kerzen beschienen und die Wege musste man mit einer Taschenlampe selbst ausleuchten. Mit einer frisch gefüllten Flasche Wasser und einigen wenigen Instruktionen bezog ich mein Zimmer. Im Dunkeln streckte ich mich auf meinem Schlafsack aus, versuchte noch die Erlebnisse des ersten Tages aufzuarbeiten, versuchte noch die ersten Bilder aus dem Gemeinschaftshaus und der Küche einzuordnen, und über die ersten Gespräche mit den mir noch fremden Menschen nachzudenken, aber es blieb bei dem Versuch. Ich schlief ganz schnell und fest ein.

Ich hatte das kleinste Zimmer im Haus. Mit den zwei Betten war es so gut wie ausgefüllt. Ein kleines Fenster zur Hangseite ließ nur wenig Licht herein. Die Wände waren weiß getüncht. In der Wand neben meinem Bett war eine kleine Aussparung, in welcher ein paar Bücher lagen. Es hatte die Atmosphäre einer Klosterzelle. Auf der gleichen Etage waren noch zwei größere Zimmer und ein ansehnlicher Flur, dessen Wände mit Regalen voller Bücher bestückt waren. Eine Glastür führte von hier über einen Steg nach draußen auf den Berghang, auf dem eine von Büschen umgebene Toilette für den Notfall in der Nacht eingerichtet war. Im Erdgeschoss war ein großer Gemeinschaftsraum mit einigen verschlissenen Möbeln und einem gusseisernen Ofen, der noch voll der Spuren vom letzten Feuer war. Die Tür nach draußen war aus groben Brettern gefertigt, blau angestrichen und man

konnte, wenn man sich etwas streckte, durch die oben eingekerb-
ten Lücken hinausschauen. Die Wände waren dick und die Fenster klein, damit im Sommer die Räume kühl blieben. In den küh-
len, ja sogar kalten Nächten boten diese Räume allerdings wenig
Schutz. Das Licht und die Sonne blendeten mich, als ich vor die
Tür trat. Daran musste ich mich noch gewöhnen, das intensivere
Licht und einen wolkenlosen, blauen Himmel. Ich ging in Rich-
tung Gemeinschaftshaus, vorbei an einer Ruine, ein völlig zerstör-
tes Haus. Über die Mauerreste konnte ich Sand- und Schutthaufen
sehen, auf denen ein paar Pflanzen Fuß gefasst hatten. Von diesen
Ruinen gab es noch einige andere im Tal, die zum Teil auch zum
Verkauf angeboten wurden. Der Weg war nicht breiter als ein
Feldweg und bestand aus festgetretenem Sand und Steinen. Am
Haupthaus standen ein paar Schubkarren an die Wand gelehnt.
Ein Beet mit orangeblühenden Gewächsen zierte die Fassade unterhalb der blau gestrichenen Fensterläden. Gegenüber dem Gebäude saßen schon einige Leute an grob gehobelten Tischen und
Bänken unter einer Art Pergola, die aus natürlichen Holzstämmen
und Balken zusammengezimmert waren. Eine lichtundurchläs-
sige Plane, mehr oder weniger über diese Holzkonstruktion ge-
legt, sorgte für ausreichend Schatten. Von hier hatte man einen
Blick auf die großen Gartenterrassen und das Tal. Ich grüßte, in
dem ich die Hand hob und ging etwas verunsichert und verlegen
weiter zur Küche. Es gab noch viel zu lernen. Sheila war schon
eifrig zugange und hatte sich ein Servierbrett mit Tee und ein
paar, mit Marmelade bestrichenen Broten zusammengestellt. Sie
grüßte mich mit einem lächelndem „Good Morning" und erklärte
mir den Ablauf zum Frühstück und das anschließende Treffen
mit allen Bewohnern, bei welchem dann der Tagesplan bespro-
chen wurde. Zum Frühstück gab es selbstgemachtes Brot mit
selbstgemachter Marmelade oder Olivenöl und Kaffee oder Tee.
Draußen am Tisch stellte Sheila mir Paul und Margret vor, und
bat Paul mir nach dem Frühstück das Gelände zu zeigen und die
wichtigsten Einrichtungen und Regeln zu erklären. Mit am Tisch

saßen noch Rachel, die ich schon am Abend zuvor kennengelernt hatte, und eine bunte Mischung junger Leute, die ich noch nach und nach kennenlernen sollte und alle waren um etliche Jahre jünger als ich. In einer kurzen Vorstellungsrunde erzählte jeder etwas über sein Leben und das Leben in der Wohngemeinschaft auf Zeit. Denn es war mir längst klar, hier plante niemand auf Dauer zu wohnen. Das Projekt hatte die Aufgabe die Gebäude und Terrassen und die damit verbundenen Bewirtschaftungsweisen zu erhalten. Hier mussten Dächer und Wände repariert werden, hier mussten die Gärten bepflanzt und bewässert werden, die Mauern der Terrassen ausgebessert oder neue aufgebaut werden. Zusätzlich gab es noch den Bereich mit den Solaranlagen und der erneuerbaren Energie, und ein Versuchsgelände, in welchem Gartenbautechniken für wüstenähnliche Regionen, so wie diese hier, erprobt wurden.

*

Wenn ich mich jetzt erinnere und vergleiche, war ich voller Tatendrang. Ich war nicht, wie im Roman, derjenige, der da wartete auf das was kommen würde, der sich gleiten ließ und alles dem Zufall anheimgab. Ich hatte bewusst dieses Projekt aus dem Buch für alternative Lebensgemeinschaften herausgesucht, weil es mit seinen verschiedenen Arbeitsbereichen warb, weil es mich interessierte, wie man früher die Terrassengärten bewirtschaftete, weil man lernen konnte, wie man eine Solaranlage baute oder wie man effektiver Sonnenstrahlen und die Wärme der Sonne nutzen konnte. Ich wollte nicht in eine Gemeinschaft, die eine Perspektive für ein ganzes Leben öffnete. Ich wusste, ich wollte etwas anderes erleben, wollte weg von den Zeitverträgen und dem täglichen Einerlei, den endlosen Stunden langweiliger Hausarbeit, dem Wäscheaufhängen und wie man so was richtig macht, dem Abspülen der ständig verschmutzten Teller und Tassen, die ewig gleichen Handbewegungen, wenn ich den Schwamm in das Wasser tauchte. Raus aus dem Alltag. Raus auch aus den Minijobs, Regale füllen und Werbung austragen, die Anzeigen durchforsten und die zigste Absage verdauen. Es war keineswegs zufriedenstellend, mein Leben. Vom Gewissen geplagt, den gesellschaftlichen Reglements unterlegen. Auch wenn ich versuchte das Leben mir schön zu reden. Das diese Flucht durch eine Affäre mit einer anderen Frau ausgelöst wurde, war zwar ungewollt, hatte aber die ausschlaggebende Reaktion, hatte die Öffnung des Ventils bewirkt, das dem Druck nicht mehr lange Stand halten konnte. Das war die unschöne Seite der Geschichte, die seelischen Schmerzen, die ich Annika zufügte, der Streit, der Verrat, die Enttäuschung, die Wut und die Eifersucht und das ich sie allein zurücklassen wollte. Ich kannte seelische Schmerzen, ich wusste von den emotionalen Zerwürfnissen, die einen Körper durchfluteten, die Trauer, die Wut, die Rache und erschöpfte Resignation. Eines Nachts träumte ich davon, in einem kalten Gebirgsbach zu liegen und das eiskalte Wasser überdeckte meinen ganzen Körper. Nur mein Arm ragte aus dem Strom und streckte seine Hand aus, um Verzeihung bittend. Ich war kein eiskalter Mensch. Und obwohl ich gegangen war, blieb doch ein Teil zurück, eine Bestimmtheit in meinem Inneren, irgendwo in einer Zelle versteckt, der Wunsch bei Annika zu bleiben.

*

Paul war der geborene Philosoph. Er war verantwortlich für den Garten. Seine wortreichen Erklärungen über die Terrassen und die Anlagen, waren gespickt von Ausschweifungen in geschichtliche Betrachtungen, über Vor- oder Nachteile und den perspektivischen Nutzen der Gartentechniken für kommende Generationen. Mit Inbrunst griff er in einen Haufen Erde, ließ mich daran riechen und erklärte mir, dass diese Erde das Ergebnis der

Kompostierung der Toiletteninhalte war. Die gemeinsame Toilette für alle Bewohner und Bewohnerinnen lag am Ende der Gartenanlage und bestand aus drei, etwa zwei Meter hohen, gemauerten Kammern, jede oben mit einer kleinen runden Öffnung versehen, in welche man in sitzender Haltung sein Geschäft verrichten konnte. Ein hölzerner Deckel diente als Verschluss. In einem Eimer war etwas Erde, um das Ergebnis der täglichen Verrichtung abzudecken. Eine Abflussrinne vor der eigentlichen Öffnung, führte nach außen und über ein Rohr zu einer Tonne, in welcher die flüssigen Bestandteile unserer menschlichen Ausscheidungen gesammelt wurden. Wenn eine Kammer gefüllt war, wurde sie verschlossen und für mehrere Monate ihrem Kompost - Schicksal überlassen. Danach wurde der Inhalt über eine Seitenklappe nach außen geräumt und weitere Wochen oder Monate den biologischen Prozessen ausgesetzt. Der Urin wurde mit Schöpfgefäßen als Dünger auf die Beete ausgebracht. Als Sichtschutz und Schutz vor dem Regen war die ganze Konstruktion mit einer Art Hütte aufgerüstet, nur mit halbhohen Holzwänden, um genügend Helligkeit zu erhalten. An der Treppe nach oben und zur Sicherheit schon am Garteneingang, waren Signalstöcke mit hochklappbaren Wimpel angebracht, welche die Verfügbarkeit signalisierten. Hierher mussten also alle Bewohner aus den drei Häusern kommen, die in der unteren Terrassenanlage wohnten, um ihr Geschäft zu verrichten. Der Weg führte durch den ganzen Garten, die Steintreppe hoch zum Hauptweg und den Häusern. Mein Haus lag am weitesten entfernt. Nur für die Nacht und für „Number One", wie er es nannte, war die Nottoilette hinter dem Haus gedacht. Für „Number Two" war der außerordentlich gewöhnungsbedürftige Weg, egal ob Tag oder Nacht, zu benutzen und nachts natürlich nur mit der Taschenlampe. Aber ich kann mich jetzt daran erinnern, wie ich oft auch ohne Taschenlampe, nur vom Licht des Mondes beschienen, den Weg wagte und daran so viel Gefallen fand, dass ich dann bewusst und ohne künstliches Licht durch den Garten ging, damit er in seiner nächtlichen Ruhe nicht gestört wurde.

Hinter dem Gemeinschaftshaus befanden sich eine Dusche und ein Waschraum, der auch mit einem Not-Urinal ausgerüstet war. Alles war spartanisch und eng, aber durch viele kleine künstlerische Details liebevoll ausgekleidet. Und keiner wunderte sich oder wurde ungeduldig, wenn an manchen Tagen, mehrere Leute mit Handtüchern wartend vor dem Waschraum standen, erste, morgendliche Gespräche führend, während der Okkupant seiner Waschung frönend, sich in allen Spiegelmosaiken entgegen blinzelte. Das Wasser wurde von der Sonne erwärmt. Leider war der Speicher für das warme Wasser verhältnismäßig klein und wer morgens später kam, hatte das Nachsehen. Nach einiger Zeit begann ich mich dann mit dem Wasser aus dem Kanal zu waschen, welches fast ein wenig lauwarm aus dem Berg sprudelte, und oberhalb der Terrassen und unterhalb unseres Hauses vorbeifloss. Paul zeigte mir noch das Glashaus für die Anzucht der Gartenpflanzen, welches über dem Gemeinschaftsraum aufgebaut war und von dort mit einer schmalen Treppe zu erreichen war. Hier lagerten die vielen kleinen Kisten und Eierkartons, Plastikbeutel und andere Säcke gefüllt mit Erde, so wie man sie in einer Gärtnerei auch vorfinden konnte. Eine Glastür führte zur offenen Dachterrasse, auf der eine Waschmaschinentrommel mit einem kuriosen Gestell zusammengefügt war, die wie bei einem Fahrrad mit Pedalen bedient werden konnte. Auf einem bequemen Sitz vor der Waschkonstruktion konnte man genüsslich in der Sonne sitzen und ein Buch lesen, während die Wäsche in der Trommel rotierte, wie mir Paul aus seinen eigenen Erfahrungen schwärmerisch erzählte.

Die Metallwerkstatt, in der auch die Solaranlagen gebaut wurden, lag weiter entfernt oberhalb des Tales, und so gingen wir den schmalen Weg, vorbei an einigen privaten Häusern, durch einen

Kaktus-Hain, weiteren Gärten und vereinzelte mit Steinen und Steinplatten verzierten Flächen, die, so nach Pauls Hinweisen, für meditative Zwecke oder das morgendliches Yoga genutzt wurden. Auch auf ein kugelförmiges, aus achteckigen, weißen Stoffbahnen gebautes Gebilde machte Paul mich aufmerksam, welches für Saunaabende zur Verfügung stand. Auf einer größeren Plattform standen einige Solarkocher, Parabolspiegel mit einer Halterung für Kochtöpfe am Brennpunkt der Sonnenstrahlen, die allerdings recht reparaturbedürftig aussahen. Vor dem Haus und der Werkstatt lagerten verschiedene Vorräte von Metallschrott, Teile, die sie entweder geschenkt bekamen, oder auf wilden Deponien einsammelten und diese für die verschiedensten Projekte, wie zum Beispiel für die Halterungen der Solarmodule, benutzt wurden. Zur Metallwerkstatt gehörten auch eine kleine Küche und ein Versammlungsraum, sowie einige Schlafzimmer im oberen Stockwerk, die auch von allen Bewohnern frequentiert werden konnten. Räumlichkeiten waren also genügend vorhanden und so kam es, dass an den Wochenenden oder auch abends, die Räume von verschieden Gruppen belagert waren, und der ein oder die andere und auch ich, von Haus zu Haus gingen, um zu sehen, wo denn die interessantesten Veranstaltungen oder Gespräche stattfanden. Ein Geheimtipp von Paul war auch die Dusche mit einem offenen Dachfenster, das ein besonderes Duscherlebnis garantierte und obendrein länger, warmes Wasser bereitstellte. Freilich musste man den ganzen Weg hier hochlaufen, was ich dann trotzdem öfters tat und einen schönen Spaziergang mit der Dusche verbinden konnte. So waren wir den ganzen Morgen unterwegs und kamen gerade rechtzeitig zum Mittagessen zurück. Die Nachmittage waren zur freien Verfügung.

*

Wenn ich jetzt zurückdenke, war ich so mit den neuen Erfahrungen, mit dem Kennenlernen der Bewohner und der Umgebung beschäftigt, war so in der Gegenwart, dass mir die Vergangenheit als weit entfernt oder gar nur traumhaft vorkam. Die unangenehmen Erinnerungen der Trennung, die Diskussionen und lauten Vorwürfe, Anklagen oder Enttäuschungen waren verschüttet von den neuen Erlebnissen, von der Fremdheit der Landschaft, den Pflanzen, Büschen und Kakteen. Das leuchtende Rot der Bougainvillea, die prächtig strahlenden, orangen Früchte der Orangenbäume, die Palmen um die weißen Häuser, waren eine Befriedung für die Seele. Die großen, schroffen Felsbrocken im östlichen Teil des Tales, mit dem gekrümmten und verwilderten Gebüsch, bildeten in mir die Vorstellung einer Urlandschaft, in welcher es mich nicht verwundern würde, wenn einer unserer Vorfahren in dichter Behaarung und mit affenartigen Bewegungen, plötzlich durch das Bild springen würde. Ich musste an nichts denken. Ich musste nur mit offenen Augen auf den Fußwegen durch das Tal gehen und meine neue Heimat erforschen. Und es tat gut, das Klettern über die steinigen Hänge, das Steigen über die in die Mauer eingelassenen Stufen und in gebückter Haltung unter den Mandelbäumchen zu laufen. Es war aufregend, so wie früher als ich noch ein Kind war, durch das Schilf zu streifen, das sich im Tal um die verbliebenen Wasserläufe und Tümpel gebildet hatte. Unter Felsvorsprüngen zu kriechen oder am Rande einer kleinen Schlucht zu stehen, an deren Grund ein türkisblaues Wasser zum Springen und zum Eintauchen lockte. Warum habe ich ihr nicht gesagt, ich muss mal raus? Mal raus aus den Zeitverträgen, den Aushilfsjobs. Mal raus aus dem Haushaltseinerlei. Ja, ich hätte es Annika nur sagen brauchen. Die Kinder waren alt genug, sodass sie auch ohne mich hätten auskommen können. Ich hätte nur sagen müssen, ich brauche etwas Abstand, ich brauche ein bisschen Zeit zum Nachdenken. Ich muss darüber nachdenken, ob ich mit dem zufrieden bin, so wie es jetzt ist. Ob ich so weitermachen kann oder sich etwas ändern muss. Waren meine bisherigen Lebensvorstellungen richtig? Aber warum habe ich es nicht einfach gesagt? Nachher ist man immer schlauer. Dieser Satz fiel mir dazu ein. Und warum die Affäre mit Xenia? Eine Bestätigung meiner männlichen Virilität, die schlummernden Gene des Jägers und Sammlers? Natürlich hatte mir Xenia imponiert mit ihrer Lebensweise, mit ihren kleinen Kunstwerken und ihrer Bescheidenheit. Außerdem war sie auch attraktiv, hatte etwas Magisches, etwas, das die Neugierde weckt sie kennenzulernen. Sie hatte auch die Lust auf Abenteuer und sie wollte nach Spanien nachkommen.

*

Als erstes fing ich bei der Baukolonne an. Die Baukolonne waren Margret und ich. Wir unterhielten uns über die Techniken des Hausbaus in dieser Region Südspaniens, und sie erklärte mir warum die Häuser auf dieser Seite des Tals stehen, warum sie so dicke Wände und kleine Fenster haben, und warum die Türen sich kaum luftdicht verschließen lassen. Es ist hauptsächlich die Hitze des Sommers, auf welche die Menschen ihre Bauweisen ausrichteten. Jetzt war es schon Ende Herbst, Anfang des Winters und ich könnte mir keine Vorstellungen über die Sommermonate machen. Arbeiten war dann nur in den Morgenstunden möglich, und die allseits bekannte Siesta war ein tägliches Ritual auf Grund der heißen Nachmittage. Allerdings behielt man das Ritual auch in der gemäßigten Jahreszeit bei. Erbaut wurden die noch an die maurischen Zeiten erinnernden Häuser aus Natursteinen und grob behauenen Brettern für die Decken, die von unbehandelten Rundhölzern gehalten wurden. Wie wichtig die Überprüfung und Restaurierung oder Reparatur der Wände und Decken war, belegte ein Dacheinsturz einige Wochen später, der glücklicherweise glimpflich ausging, weil die beiden deutschen Bewohner die Nacht in ihrem Bus verbrachten. Die Wände waren mit einer

Schicht Lehm bedeckt, der mit Kalk angestrichen wurde. Das war dann meine erste Aufgabe, den Kalk anzusetzen und einige Stellen am Gemeinschaftshaus zu weißen, die kürzlich ausgebessert wurden und jetzt trocken genug waren, um sie zu tünchen. Doch zunächst mussten wir ein sicheres Gerüst aufbauen, damit wir auch die höher gelegenen Stellen erreichen konnten. Als ich dann anfing ihr zu erklären, wie man das am besten bewerkstelligen kann, entgegnete sie mir humorvoll, dass wir beide bestimmt wohl noch viele, tiefschürfende Fachgespräche führen würden. Da ich bestimmt schon die doppelte Anzahl von Jahren an Lebenserfahrung einbringen konnte, den ein oder anderen Hausbau in der Heimat begleitet hatte, und handwerklich nicht ganz ungeschickt war, gestand sie mir ohne Neid einen gewissen Sachverstand zu. Wir hatten viel Spaß bei der Arbeit und unsere Gespräche verästelten sich, wie im Glasperlenspiel, auf die zahlreichen Themen, die uns in dieser Situation, in der temporären Lebensgemeinschaft und den Aufgaben und Zielen dieses Projektes in den Sinn kamen. Wie mir aber auch humorvoll später bekundet wurde, legte ich damit schon den ersten Grundstein für das „German Attitude", die Einstellung oder die Gesinnung, der zu folge wir Deutschen in den Augen der Engländer, und es waren viele junge Leute aus England in diesem Projekt tätig, als Perfektionisten gelten.

Angesprochen darauf wurde ich etliche Tage später, nachdem ich in kürzester Zeit, während einer meiner Küchendienste, vier große, unterschiedliche Salate angefertigt hatte und diese nicht ohne Stolz meinen Mitbewohnern präsentierte, beziehungsweise kredenzte. Natürlich war es Paul, der abends in einem unserer philosophischen Gespräche, das Thema aufnahm. Dieser Perfektionismus war für ihn übrigens der Grund, warum die Tötungsmaschine im dritten Reich so erfolgreich funktionierte. Man müsse auch das nicht Perfekte akzeptieren und ertragen können, und so jemand wie er zum Beispiel, halt mit einem kaputten Shirt herumläuft und mit Löchern in den Socken, wenn er überhaupt welche anhatte. Ich habe zugestanden, in Deutschland nur ungern mit Löchern in meinen Socken in die Öffentlichkeit zu gehen, und dies natürlich nur, wenn ich Sandalen anhatte. Worauf ich dann die Weisheit übermittelt bekam, dass die Kombination von Socken und Sandalen nur von deutschen Männern bekannt ist, und so ein eindeutiges Erkennungsmerkmal sei. Im Gegenzug begründete ich meine eigene Ansicht, nach der ich mich mit Löchern in meiner Kleidung unwohl fühle oder sogar dafür etwas schäme, dafür aber meine Einstellung und Toleranz zu anderen Menschen nicht vom Zustand ihrer Kleidung oder ihres Erscheinungsbildes abhinge. Aber wenn es ihn beruhige oder zufrieden stelle, könnte ich mir ja auch ein paar Löcher in mein Hemd machen, was mich aber nicht davon abhalten würde, auch weiterhin leckere Salate in kürzester Zeit zu kreieren.

Wir einigten uns dann darauf, entgegen der allgemein gängigen Weisheit, „Kleider machen Leute," einen Menschen nicht nach seinem Äußeren zu beurteilen. Dies ist im Allgemeinen, also im gesellschaftlichen Durchschnitt, auch wenn doch so oft darüber geredet würde, leider leichter gesagt als getan. Die Sache mit der Tötungsmaschine im dritten Reich würde ich mir noch einmal überlegen, aber der Sachverhalt oder diese Mutmaßung war mir damals schon bewusst und die gleichen Gedanken hatte ich bereits mit Freunden früher diskutiert. Ohne zu wissen wie ich es sagen könnte, lag diese Befürchtung und der Verdacht in meinen Gedanken, dass dieser perfide Plan alle Juden auszurotten, alles minderwertige Leben zu beseitigen, eine arische Rasse heranzuzüchten, zu Zeiten des Nationalsozialismus auf deutschem Boden besonders gut gedeihen konnte. Gerade wenn es darum geht seine eigenen Lebensgrundlagen zu sichern, wenn man von Arbeitslosigkeit betroffen ist, wenn die Zukunftsperspektiven sich verdunkeln, sind die Menschen doch leider zu unerträglichen und nicht tolerierbaren Handlungen fähig. Fast instinktiv oder doch instrumentalisiert, wird wieder das Völkische salonfähig, als gälte es sich von anderen Völkern abzugrenzen, um seinen Lebensraum zu verteidigen, die Konkurrenz zu beseitigen und das für die Gesellschaft angeblich wertlose Leben auszurotten. Leider war dies damals in Deutschland mit seiner Hierarchie, der akribischen Dokumentation und mit den auf Gehorsam getrimmten, bürokratischen Befehlsstrukturen, sehr erfolgreich durchgeführt worden.

Schließlich entgegnete ich Paul, dass auch in England heutzutage Nationalsozialisten oder Neonazis aktiv sind und ich auch schon von Fremdenfeindlichkeit dort gehört hätte. Außerdem, so meine Meinung, würden Menschen heute einfach durch Kürzungen der medizinischen Versorgung oder weniger Sozialhilfe, sozusagen schleichend aus dem Verkehr gezogen, auch in England. Sozialdarwinismus nennt man das, der sich fälschlicher Weise aus den naturwissenschaftlichen Erkenntnissen Darwins entwickelt hatte, wonach nur der Stärkere überleben wird. Was ja im Tierreich offensichtlich und sicherlich seine Gültigkeit hatte. Aber wir, wir Menschen wurden oder werden doch von anderen Ansichten oder Maximen geleitet, für uns gebietet sich eine andere Moral oder nicht? Oder sind wir nur eine andere Art von Affen oder Tieren, die ihr Territorium verteidigen und den Schwachen seinem Schicksal überlassen?

Die Gespräche mit Paul zogen sich gerne bis spät in die Nacht. Meistens saßen wir auf der Terrasse vor dem Gemeinschaftshaus. Jeder hatte einen Vorrat an Rotwein aus Getränkekartons, der erstens billiger und zweitens leichter zu transportieren war. Zum Wochenende hin wurden immer Bestellungen gesammelt, die von dem Versorgungsteam mit eingekauft wurden. Paul rauchte auch ab und zu eine seiner Spezialzigaretten. Auf Nachfrage hatte er mir zwar nicht verraten, woher er das Cannabis bekam, aber ich konnte mir schon Denken, dass Chester etwas mit der Sache

zu tun hatte, ein Privatmann, der hier im Tal eines der komforta-
belsten Häuser besaß, angeblich die Annehmlichkeit einer dauer-
haften warmen Dusche genoss, und wo ab und an wilde Partys
lautstark mit exotischer Musik zu vernehmen waren.

Ich erinnere mich an eine der Nächte, in der wir auf unserer
Terrasse beisammensaßen, schon vom Genuss des Weins intensiv
diskutierend und philosophierend die Welt verbesserten, und es
war bereits nach Mitternacht, als von Chesters Bungalow ein Höl-
lenlärm zu vernehmen war. Die ungestüme Musik, die anfangs
noch rhythmische Züge hatte, verfiel in ein Trommeln, das sich
vom Haus aus talabwärts zu den privaten Gärten zu bewegen
schien. Mal lauter, mal leiser, vermischt mit dumpfen Geräu-
schen, wie von dem Getöse einer stampfenden Herde Büffel, dann
wieder ein Heulen oder verzerrtes Schreien. Am nächsten Tag er-
fuhren wir beim Frühstück, dass sich Chesters Truppe wohl gut
berauscht und in Ekstase an eine nächtliche Pflanzaktion von Bäumen gemacht hatte. Besondere Pflanzzeiten waren auch bei uns
beliebt, so zum Beispiel während einer Vollmondnacht. Das Beet
war vorbereitet und alle bekamen eine Kerze und eine Anzahl von
Knoblauchzehen in die Hand, mit denen wir bei Vollmond in den
Garten zogen, eine Runde um das Beet tanzten, um abwechselnd
die Pflanzenteile in die Erde zu setzten. In seinen Bemühungen
uns in die Geheimnisse der Gärtnerei einzuführen, holte Paul
zum Teil weit aus in prähistorische Zeiten, über die Kultivie-
rungsbedingungen aus dem asiatischen Raum, Anbaumethoden
der Ägypter oder Inkas bis zu den anthroposophischen Erkenntnissen eines Rudolf Steiners. In der Hinsicht, so rang sich Paul
doch noch ein Lob ab, hätten wir Deutsche was die Naturwissen-
schaften und auch Pflanzenkunde betrifft, viel zu einem besseren
Verständnis beigetragen. Leider war er der deutschen Sprache
nicht mächtig, und dies ein oder andere Buch, das er gerne gelesen hätte, blieb ihm dadurch verschlossen.

*

Da war es wieder. Das Buch, die Bücher, das Lesen. In meiner Erinnerung an jene Tage kommen mir Bilder in den Kopf, laufen kurze Filme vor meinem inneren Auge, die ich gerne wortbildlich auf die Seite bringen möchte. Ist das, was ich von ihm gelesen hatte, von ihm, der in Cabo de Gatas Straßen wandelte, der am Strand seine Spaziergänge machte, Billard spielte oder im Bus nach Almeria fuhr, ist das was er beschreibt, was ich jetzt in meinem Kopf mir bildlich vorstelle, auch das was er gesehen, sich vorgestellt hatte? Zugegeben, ich war in Cabo de Gata. Ich hatte das Meer gesehen, das Licht, das so extrem, so strahlend ist, sodass man auch von der Costa del Sol spricht, von der Küste des Lichtes. Ich kannte die Landschaft, ich kannte die vom Wind ausgepeitschten Büsche und niederen Pflanzen, den steinigen Boden. Ich kann mich erinnern an die Häuser, die Fischerboote, die Menschen, die scheinbar träge, scheinbar ohne besondere Freude oder mit Desinteresse, ja gar mit Kühle mir begegnet waren. Ich kannte die Begebenheiten, die er beschrieb. Er malte mit seinen Worten ein Bild, das sich vor mir, dem Leser entfaltete. Mit seinen Ausführungen fängt er die Stimmung ein, das tägliche Leben im Ort, der tagtägliche Ablauf mit seinen fast trägen und immer wiederkehrenden Verrichtungen, die ich jetzt hier, mit dem Buch in der Hand, nacherleben kann. Es ist wie das Bild eines Malers, das auch Stimmungen und Eindrücke einer Landschaft, einer Straßenszene oder einer Menschengruppe einfangen kann. Doch vermögen die gleichen Worte die gleichen Assoziationen in verschieden Menschen hervorzurufen? Sicherlich können Dinge, Gegenstände, wenn sie benannt werden ein konkretes Bild bewirken. Aber schon das Haus mit dem Gitter am Fenster kann groß oder klein sein. Kann runde Ecken oder Kantige haben. War der Sockel blau oder war das ein Haus, das aus meiner Griechenlandreise mir noch in Erinnerung war? Können sich Erinnerungen vermischen? Das Verständnis beruht auf Erfahrungen und ich verstehe etwas besser, wenn ich es erfahren, wenn ich es selbst erlebt habe.

Und trotzdem, sind meine Erlebnisse, die ich damals in meiner Beziehung zu Annika machte, nicht ungleich intensiver und individueller, als Wörter es in einem Buch oder Bilder in einem Film wiedergeben können? Bin ich in der Lage einem Menschen die Gefühle zu beschreiben, die mich begleiteten in dieser Zeit, als ich Annika in Sorgen und verletzt zurückließ? Bin ich offen genug? Waren mir selbst die Gefühle bewusst, die Annika in ihrer Seele mit sich trug, die sie auch täglich bei der Arbeit oder bei Freunden und den Eltern mit sich führte? Wir standen in Kontakt, auch wenn die Verbindungen durch technische Probleme sehr mangelhaft waren. Ich erzählte von der Arbeit und dem schönen Wetter, sie schrieb mir in der Mail von den Kindern und dem neuen Chef, wir schrieben uns als wäre ich auf einer Geschäftsreise. Und doch suchte jeder von uns zwischen den Zeilen, wie es dem anderen ging, ob noch eine gemeinsame Zukunft möglich wäre. Hatte ich ihr gesagt, dass Xenia nach Spanien kam?

*

Wir waren auf der Rückfahrt von einer Pferdefarm, auf der wir mehrere Säcke Mist für den Garten geholt hatten. Pferdeäpfel waren ein besonders guter Dünger. Die Farm lag weiter weg und da im Auto fünf Leute Platz hatten, waren wir auch zu fünft losgefahren. Jeder und jede freute sich auf eine Gelegenheit, aus dem Tal heraus zu kommen und etwas mehr von der Region zu sehen und zu erleben. Rachel saß am Steuer, weil sie einen gültigen Führerschein besaß, ich war Beifahrer und auf der Rückbank eingeengt saßen Zoë, Marie und Robert. Zoë war eine hochgewachsene, knochendürre Vegetarierin aus London. Sie pflegte sich besonders bunt und ungewöhnlich anzuziehen, mit Tüchern, die ihr über die Schulter hingen, mit Bob Marley Mütze über ihren Rasterlocken und der selbstgestrickten farbigen Weste und noch farbigere Pumphosen. Eigentlich war sie für die Arbeit, um den Mist zu holen, äußerst unpassend angezogen, sie war aber eine energische Arbeiterin, die auch zupacken konnte und sie war ein schöner, schräger Vogel, mit dem man gut reden und auskommen konnte. Ihre Absicht war es, Orte wie unser Wohnprojekt auf der ganzen Welt zu schaffen, ja im ganzen Universum, damit die Menschen auf ihren Reisen immer Räume der Ruhe oder Oasen im Dickicht der Zivilisation finden konnten. Diese und viele andere ungewöhnliche Ideen verkündete sie oft abends, mehr im Selbstgespräch, während sie mit den Augen nach den Sternen schauend, vor unserem Haus auf und ab ging. Marie war körperlich gesehen das Gegenteil und sie kam aus Paris. Sie war klein und pummelig, liebte gutes Essen und machte keinen Hehl daraus, dass ihr die vegetarische Küche überhaupt nicht bekomme. Im Nachhinein kann ich mich nicht mehr daran erinnern, ob sie in der Zeit, in der sie in Los Molinos war, überhaupt einmal gekocht hatte. Vielleicht lag es auch daran, dass sie mit ihrer Körpergröße in der Küche etwas hilflos zwischen den Anrichten platziert gewesen wäre. Aber auch sie war eine Schafferin und wusste mit anzupacken. Sie liebte die Arbeit im Garten, den Kontakt mit der Erde, wo sie die unerwünschten Wildkräuter mit den Händen aus den Beeten wühlte und energisch ausriss. Sie liebte es den Kompost mit ihren Händen auszubringen. Eine ganz besondere Freude hatte sie beim Sieben des Kompostes, der durch einen alten, ausgedienten Bettrahmen aus Metall geschüttelt wurde. Die vier Personen an den Ecken des Rahmens schüttelten mithilfe von auf und ab Bewegungen den groben Kompost durch das feinmaschige Gitter, wobei die Geräusche, um genauer zu sein, das Quietschen der Sprungfedern, ihr unübersehbar immer mehr Freude bereiteten, bis sie alle mit ihren Kommentaren dazu, zum Lachen brachte. Unnötig zu sagen, dass sie bei der Gartenarbeit gerne sang und ihr französisches Repertoire an Kinderliedern und Chansons zum Besten gab.

Robert war ein junger Mann aus dem Osten von Deutschland. Wie er mir damals stolz und angeberisch erzählte, war er schon einige Monate unterwegs. Von einer Kommune zur nächsten hatte er sich in Tschechien, Österreich, über Italien nach Südfrankreich und schließlich bis Südspanien durchgeschlagen. Er machte eigentlich den Eindruck eines stillen, strebsamen Musterschülers mit Technikfimmel, eine Einschätzung, die er einige Zeit später komplett auf den Kopf stellen würde.

Wir hatten den großen Kofferraum mit Säcken und Plastiktüten voller Pferdemist geladen und waren auf dem Rückweg in Höhe der Zisterne, also etwa auf der Hälfte zwischen Sorbas und Los Molinos, als uns eine merkwürdig aussehende Wolke zum Anhalten veranlasste. Wir hielten auf dem Parkplatz vor der Zisterne, die heute eine der touristischen Attraktionen und früher ein wichtiger Bestandteil des Bewässerungssystems war. Die Zisterne war ein kirchenähnliches, weißes Gebäude, nur viel kleiner und mit einer einzigen Öffnung auf der Turmseite. Mit ihr an der Seite schauten wir in den sonst wolkenlosen Himmel auf eine Erscheinung, die uns wie ein riesiges, fremdartiges Flugobjekt vorkam. Es war rot, mit verschiedenen Farbtönen und runden Flecken, die an gewaltige Fenster oder Bullaugen erinnerten. Die Erscheinung war so erstaunlich und unwirklich, weshalb keiner von uns zunächst etwas sagte und jeder wollte an eine Wolke im Sonnenuntergang denken. Doch dann kamen Worte wie Raumschiff und UFO auf. Außerirdische, die unseren Planeten besuchen kommen. Zoë wäre begeistert eingestiegen und mitgeflogen, um den Fremden unsere friedliche und ökologische Lebensweise mitzuteilen. Keiner wollte sich von dem Anblick lösen, doch schließlich konnte ich mich dem Schauspiel nicht länger hingeben und drängte auf baldige Abfahrt, denn für diesen Abend hatte sich Xenia in Sorbas angekündigt und ich hatte versprochen sie abholen.

Ja, ich hatte ihr nicht abgesagt oder zumindest energisch versucht es zu verhindern. Schließlich war sie eine erwachsene Frau und konnte tun und lassen was sie wollte. In einem nächtlichen Telefongespräch, dem einzigen während der ganzen Zeit, verkündete sie mir, dass sie schon alle Vorbereitungen getroffen hätte, alle Verpflichtungen gekündigt und die Reise gebucht hatte. Ich solle mir keine Sorgen machen und wäre zu nichts verpflichtet. Ich kannte ihren Willen zur Unabhängigkeit, hatte aber mehr als gemischte Gefühle mit dieser Ankündigung. Sie sehnte sich nach dem warmen Süden und wollte raus aus dem kalten Schmuddel Wetter in Deutschland. Es wäre halt schön, wenn ich sie an der Bushaltestelle in Sorbas abholen könnte. Ach ja, vielleicht könnten wir uns hier ein Zimmer teilen. Mit diesen Informationen und einem Meer aus Gedanken ging ich zu Sheila, um die notwendigen Vorbereitungen zu treffen. Wollte ich wirklich ein Zimmer mit ihr teilen? Sollte ich wirklich ein Zimmer mit ihr teilen? Erst vor ein paar Tagen war François, mein bisher einziger Zimmergenosse, abgereist. Ich bin mir nicht sicher, ob er schon mit einer Erkältung ankam, aber vom ersten Tag an lag er im Bett und klagte über ein Unwohlsein. Er ging auch nicht mehr nach draußen, wo man sich doch vor dem Haus bequem in einem Sessel sonnen konnte. Erst bei seiner Abreise, als ich ihm half sein Gepäck zum Auto zu bringen, konnte ich in seinen Augen so etwas wie eine Erleichterung feststellen. Er lächelte sogar als er mir die Hand zum Abschied gab. Ich glaube er hatte sich das alles ganz anders vorgestellt. Jetzt war das Bett frei. Konnte ich im gleichen Zimmer mit Xenia schlafen?

*

Von Testosteron gesteuert. Das sagte damals ein Freund von Annika und mir. Was aber passierte in meinem Gehirn, damals als Xenia ihre Ankunft ankündigte? Mit Sicherheit hatten ihre weiblichen Reize Wochen zuvor am Badesee ihre Einflüsse auf mich. Es war keine Liebe, die sich etwa in romantisches Fabulieren ergoss. Es war die Neugierde auf diese ungewöhnliche Frau. Es war auch das sexuelle Abenteuer, die Berührung ihres Körpers, das erregende Gefühl, die Hand für unendliche Sekunden auf die Innenseite ihrer Schenkel zu legen. Es war der Anblick ihres nackten Körpers an meiner Seite, der die Gegenwart auslöschte, der das Blut durch meine Adern beschleunigte, der das Gefühl der Unsterblichkeit erzeugte und in dem ich doch für einen Augenblick den Tod verspürte. Ich mich sorgenlos fühlte und die Zeit stehen blieb, nicht existierte und ich in eine bewusstlose Zufriedenheit verfiel. Hatte ich das vergessen? Ich hatte Halt gefunden in Spanien. Ich war selbstsicherer. Wenn ich jetzt zurückdenke, habe ich die Dinge auf mich zukommen lassen. Ich war ausgebrochen aus den Regeln des Alltags, aus den Verpflichtungen eines Familienvaters, aus den Spielregeln meiner Gesellschaft. Weg von dem Planen und Nachdenken, wie ich die nächsten Tage verbringen werde, welche beruflichen Aussichten sich mir eröffnen könnten. Hier wurde für mich geplant. In unserer Community, wie wir unsere Institution gemeinhin nannten, hatten die Tage und Wochen überdies ihre Struktur, gab es Dinge, die sich täglich wiederholten. Langweilig wurde es mir nicht, denn die Aufgaben wechselten sich ab und es mussten immer wieder neue Probleme bewältigt werden. Und in der Gruppe fühlte ich mich wohl. Außerdem war ich eigentlich keiner Person verpflichtet. Ich hätte jederzeit gehen können, wenn ich wollte, was ich später dann ja auch für einige Tage tat. Und nach dieser Zeit, nach dieser Abschweifung, war ich wieder zurückgekommen.

Ich hatte das leichtherzige Gefühl einer Gruppe anzugehören, die sich alle Aufgaben teilte und in welcher der Einzelne weniger Kümmernisse hatte. Ich war mit dem Leben zufrieden, da ich frei war und unabhängig von den Zwängen und Erwartungen meiner

Mitmenschen, von der Gesellschaft in meinem Heimatland. Aber da gab es natürlich immer noch das Testosteron. Und ich gebe zu, dieses Hormon oder was auch immer unseren Körper oder die Gedanken manchmal lenkt, mich in pikante Situationen und Verlegenheit gesteuert hat. Manchmal war das Verlangen so groß, war der natürliche Instinkt so übermächtig, sodass mir der Blick auf die Realität entglitt. Aber hatte ich nicht vorher den Versuchungen des anderen Geschlechts widerstanden? Es gab auch in unserem Projekt interessante Frauen oder redlicher gesagt, attraktive Mädchen. Zugegeben, ich war gewiss älter als diese aber nicht so alt, als wäre ich keiner Erregungen fähig, wenn es überhaupt so ein Alter geben kann. Die spät sommerlichen Temperaturen und der ständig blaue Himmel mit den wärmenden Sonnenstrahlen, ließen die körperlichen Reize unverkennbar aufblühen. Freilich, ich kann mich erinnern, wie wir uns als gleichberechtigte Mitarbeiter fühlten, ja wir uns unbewusst vielleicht sogar ungeschlechtlich oder neutral empfanden. Doch der mit schwarzer Spitze verhüllte Busen, der sich mir bei der Gartenarbeit entgegen reckte, vermochte auch bei mir nicht spurlos im Gespiele der Ganglien und Drüsen meines Körpers vorüberziehen. Was habe ich damals gedacht? Welcher Teufel hatte mich geritten? Konnte man über die Jahre vergessen, welche Gedanken und Reize mich antrieben? Oder war es tatsächlich so, dass die unangenehmen Erinnerungen verblassten oder ganz aus dem Repertoire des Gedankenspeichers gestrichen wurden? Es gelingt mir nicht, mich zu erinnern.

*

Rachel hatte an diesem Abend keine Zeit. Sie war aber die einzige, außer Sheila, die mit dem Wagen fahren durfte. Glücklicherweise war erst ein paar Tage vorher ein deutsches Paar mit ihrem Bus in Los Molinos angekommen. Sie waren auf einer Europareise und meistens unabhängig unterwegs. Aber ab und zu sehnten sie sich auf das Beieinandersein mit anderen Menschen, auf den Austausch neuer Gedanken oder einfach mal mit jemand anderen zu sprechen. Aus diesem Grund hatten sie auch das Buch über die Kommunen oder Wohngemeinschaften Europas dabei und fuhren spontan, ohne sich vorher anzumelden, bei der ein oder anderen Community vorbei. Wie sie mir erzählten, genauer gesagt wie Hans Peter mir erzählte, denn seine Frau Birthe war eher der ruhigere Typ, wie er mir erzählte, hatten sie auf diese Weise sehr merkwürdige Zeitgenossen kennengelernt und waren unter anderem heilfroh, einer Kommune in Italien mit heiler Haut wieder entkommen zu können. Er und ich teilten uns öfters den abendlichen Küchendienst und wie ich feststellen konnte, war er ein begeisterter Koch, dem es sichtlich Freude machte wieder in einer großen Küche mit allen möglichen Utensilien zu arbeiten, anstatt an der beengten Küchenzeile ihres Mercedes. Obgleich der Bus mit vielen pfiffigen Raffinessen ausgestattet war, wie er mir an einem Nachmittag ausführlich demonstrierte. Der Bus war für sie auch eine Rückzugsmöglichkeit, wenn es ihnen in der Wohngemeinschaft zu stressig wurde oder sie einfach ihre Ruhe wollten. Birthe saß während ihres Aufenthaltes des Öfteren in ihrem Spezialsessel vor ihrem fahrbaren Zuhause und vertiefte sich in ihre Bücher. An diesem Tag hatten wir uns verabredet zusammen nach Sorbas zu fahren, um in der Bodega vielleicht eine Kleinigkeit zu essen, ein Bier zu trinken und Musik zu hören oder unmissverständlich gesagt, mal einfach in das spanische Nachtleben einer Kleinstadt einzutauchen. Zur entsprechenden Zeit würde ich an die Bushaltestelle gehen, Xenia abholen und den Rest des Abends wollten wir gemeinsam und gemütlich in geselliger Runde verbringen.

Ich ging die engen Gassen vom Kirchplatz aus bis zur Bushaltestelle und wartete. Ich war gespannt auf ihr Kommen, auch etwas nervös oder unsicher. Es war mir sichtlich nicht nach Freude zumute, dies konnte ich mit Sicherheit wohl sagen. Zu viele Gedanken gingen mir durch den Kopf über die nächsten Tage oder was vor mir lag. Aber ich glaube ich war gespannt, weil es nicht alltäglich ist, dass jemand sein oder ihr Zelt zu Hause abbricht, um sich dann mit mir in Südspanien zu treffen. Außerdem war ich gespannt wie sie, die doch ihre Unabhängigkeit so hochhielt, die ungern ihre Wohnung mit jemanden teilen wollte, wie sie jetzt in einer Wohngemeinschaft mit den unterschiedlichsten Leuten auskommen würde. Außerdem war ich neugierig auf ihr Aussehen. Mir gingen viele Gedanken durch den Kopf. Wie soll ich mich an alles erinnern? Die Bilder des Tages waren noch präsent, die Raumschiffwolke, die Fahrt zur Pferdefarm und die Gespräche mit Hans Peter und Birthe. Die heimeligen Gassen der südländischen Stadt mit ihren weißen, getünchten Häusern.

Der Bus kam und ein paar Leute stiegen aus, nur Xenia nicht. Ich stieg zu dem Busfahrer ein und fragte in Englisch, ob dies der letzte Bus aus Almeria sei. "Last Bus", verkündete er mit einem tiefen Brummen, "Last Bus" noch einmal, als ich schon draußen war und er die Tür hinter mir verschloss. Und jetzt? Ich war mir nicht sicher und zweifelte daran, wonach zu der von ihr angekündigten Zeit noch ein weiterer Bus aus Almeria kommen könnte. Ich ging zurück zur Bodega, wo Hans Peter und Birthe gespannt warteten. Was konnten wir jetzt tun? Xenia hatte kein Handy und die Telefonnummer vom Busbahnhof in Almeria war mir unbekannt. Was hätte ich auch Fragen sollen? War sie überhaupt abgereist? Gab es Probleme am Flughafen? Es blieb nichts anderes übrig als abzuwarten, was wir dann auch bei ein oder zwei weiteren Bieren taten. Als wir vom Parkplatz mit dem Mercedes losfuhren und an der Bushaltestelle vorbeikamen, stand sie mit ihrem Rucksack unter einer der Straßenlaternen. Das sollte kein guter Anfang werden. Sie schaute mich mit vorwurfsvollen Augen an, ließ dann aber Rucksack und Umhängetasche fallen und umarmte mich herzlich mit einem Seufzer der Erleichterung.

Birthe und Xenia konnten sich auf Anhieb nicht leiden. Ihre Augen sprachen da eine sehr deutliche Sprache, die keiner weiteren Erklärung oder Deutung bedurfte. Während der Fahrt zurück nach Los Molinos herrschte eisige Stille. Lediglich der Zustand der spanischen und südländischen Verkehrsunternehmen im Allgemeinen wurde kritisiert und mit einem verständnisvollen Lächeln abgetan. Ich kann mich auch nicht mehr an die Gespräche zwischen mir und Xenia später erinnern. Wie sie die erste Nacht in dem kleinen Zimmer verbrachte. Ich sehe da nur Bildfetzen, von Erschöpfung, von Müdigkeit, ein mitleidvolles Lächeln. Oder war da schon Enttäuschung mit zu erkennen? Ich weiß nur noch, wie sie sich schon am nächsten Tag über das kleine, dunkle Zimmer beklagte und die Nacht zu kalt gewesen war. Mittlerweile war es Dezember und eine ungewöhnliche Kältefront hatte den Süden von Spanien erreicht. Etliche der schwarzen Plastikrohre, die auf den Dächern von Ferienhäusern lagen, waren in den frostigen Nächten geplatzt. John, ein Poet und regelmäßiger Besucher, der in seinem Auto wohnte und für einige englische Hausbesitzer als Hausmeister fungierte, berichtete über die Schäden. Ein Wetterumsturz, der viele Menschen völlig überraschte. Nach einigen Tagen hatte Xenia eine neue Bleibe ausgemacht. Die Zimmer über der Metallwerkstatt waren unbelegt und viel sonniger, weil das Haus oben auf dem Hügel stand. Der längere Weg zum Gemeinschaftshaus würde uns guttun, weil wir dann die frische Luft und das morgendliche Schauspiel des Sonnenaufgangs genießen konnten. Aber der kalte Wind und die undichten Fenster, Decken und Türen ließen die Vorzüge des helleren Lichtes schnell ins Gegenteil geraten, zumal wir tagsüber die wenigste Zeit im Zimmer verbrachten. Eines Morgens stand Xenia splitternackt im

Zimmer und schrie und beklagte sich über die Kälte, die so durchdringend sei, dass es doch egal wäre, ob man Kleider trage oder nicht. Damit verließ sie den Raum und mich und rannte nach draußen.

*

Es war mir damals schon klar und ist es heute noch viel deutlicher, es war genau das, was ich nicht mehr wollte. Es war diese Tatsache, vor der ich geflohen war. Xenia war nach Spanien gekommen und ich fühlte mich verantwortlich. Verantwortlich für das Wetter, verantwortlich für den schlechten Schlafsack und die dünnen, staubigen Decken und Matratzen. Verantwortlich für das Essen, das ihr nicht behagte und die unmöglichen Leute, insbesondere Birthe, die sie gar nicht leiden konnte. Es tat mir schon weh meine Klausur zu verlassen, an die ich mich gewöhnt hatte und mit der ich sehr zufrieden war. Es tat mir weh zu erkennen, wie Xenia sich in mein Leben drängte, meine Tagesabläufe störte, meine Arbeit belächelte und viel mehr noch, ich bemerkte, wie auch die anderen Mitbewohner dies erfassten und mich mit mitleidigen Blicken streiften. Ich hatte meine Freiheit gefunden und wollte sie nicht so leicht wieder verlieren. Jedenfalls nicht so. Ich hatte mich daran gewöhnt, morgens allein aufzuwachen. Ich konnte selbst entscheiden, wie ich den Tag gestalten würde, welche der Arbeiten ich übernehmen wollte. Ich konnte die freien Nachmittage allein genießen oder mich mit anderen zusammentun. Ich konnte die Abende mit Paul verbringen, betrunken in mein Bett fallen, wenn es denn so kommen sollte. Ich war nicht allein und alle respektierten den anderen so wie er war. Freute sich auf die Zeit, die man zusammen verbrachte, zusammenarbeitete, lachte und diskutierte. Keiner machte den anderen Vorschriften oder zog ihn zur Verantwortung. Jeder lernte die Stärken des anderen kennen. Jeder erkannte auch die Schwächen des anderen

und wir nahmen darauf Rücksicht, ohne großartig darüber disku-
tieren zu müssen. Ich war nicht allein in Südspanien, ich war mit
vielen unterschiedlichen Menschen aus vielen anderen Ländern
und Kulturen zusammen. Wir besprachen und planten, was an
diesem Tag oder in der Woche getan werden musste. Wir waren
voneinander abhängig, selbst-freiwillig, weil wir das so wollten
und keiner den anderen dazu drängte. Ich frage mich, ob es nur
zufällig so war, ob die Konstellation der Mitbewohner dazu beigetragen hatte. Zugegeben, jemand der oder die sich nicht wohl
fühlte, hatte die Möglichkeit zeitig wieder abzureisen. François
ging es so. Aber es gab niemand, der oder die dominieren wollte,
befehlen wollte. Auch nicht Sheila.

*

Xenia kritisierte das Wetter, sie kritisierte den Aufbau und die
Organisation des Projektes, sie kritisierte mich und es war bald
klar, dass sie hier nicht mehr bleiben wollte. Sie wurde eifersüchtig auf Anne, der ich ein Shirt geliehen hatte, weil ihr Gepäck erst
einige Tage später eintraf. Sie war eifersüchtig auf Etien, die mit
ihrem Baby von zu Hause geflohen war, um sich dem gewalttäti-
gen Ehemann zu entziehen, und deren Baby ich ab und zu auf
meiner Hüfte trug. Wir gingen uns tagsüber aus dem Weg und
die Nächte mit Paul und den anderen wurden immer länger.
Auch ein weiterer Umzug in ein größeres, komfortableres Zimmer konnte nicht mehr dazu beitragen ihren Aufenthalt zu ver-
längern. Es war an einem sehr sonnigen Tag und endlich hatte
auch der kalte Wind nachgelassen, an dem wir einen ausgedehn-
ten Spaziergang durch einer der vom Wasser ausgewaschenen
Schluchten unternahmen. Vielleicht hatte das Wetter dazu beigetragen. Die Sonne, die in den windgeschützten, kurvenreichen
Steilhängen besonders angenehm und wärmend auf uns schien.

Vielleicht auch weil wir allein waren. Wir konnten entspannt miteinander reden. Konnten endlich das sagen, was uns die ganzen Tage beschäftigte. Keiner fiel dem anderen ins Wort, ließ gewähren. Als wären die verhärteten Emotionen aufgetaut unter der spanischen Sonne, Emotionen, die sich neu formierten, sich schlängelten, sich aneinander rieben, sich zugleich drückten, um sich schließlich im freien Lauf der Natur, dem Leben und der Zeit zu übergeben. Es gab keinen Streit, der Weggang war ausgesprochen und wir hatten verstanden was das Beste für uns war. Xenia wollte zu Freunden von Freunden, die in Andalusien eine zweite Heimat gefunden hatten. Das Telefon im Gemeinschaftshaus funktionierte nur sehr sporadisch. Auch die Versendung von Emails war nicht immer möglich und so nutzte ich mein Handy, um bei ihren Freunden anzurufen. Xenia konnte kommen, wann immer sie wollte. So fuhren wir schon am nächsten Tag zusammen nach Almeria. Ich hatte versprochen sie nicht allein zum Busbahnhof fahren zu lassen und sie wollte die Gelegenheit nutzen, um die Stadt kennenzulernen. So kam ich wieder zu meiner geliebten Strandpromenade, wo wir uns auch in einem Hotel für die Nacht einquartieren. Xenia lebte spürbar auf. Als wäre eine Last von ihr gefallen, rannte sie am Strand entlang. Sie, die aus der Großstadt kam, fühlte sich bei all den vielen Menschen wohler als in der wüstenähnlichen Landschaft mit ein paar verstreuten Häusern. Sie genoss es im Café zu sitzen und an ihrer Tasse zu schlürfen. Sie genoss es durch die Gassen zu schlendern und die noch blühenden Blumen und Pflanzen in den Vorgärten zu bewundern. Sie hielt die überhängenden Äste in der Hand und roch an den Blüten. So könnte sie sich vorstellen, den Winter zu verbringen. Wir gingen durch die Altstadt mit ihren engen Sträßchen hoch auf die Festungsanlage Alcazaba. Die jungen Männer und Frauen saßen vor den Restaurants, plauderten, tranken und aßen und genossen ihre Mittagspause. Von der Festungsanlage hatte man einen herrlichen Ausblick über das Meer und ich glaubte die gegenüberliegende Küste von Afrika zu erkennen. Wahrscheinlicher war, es handelte sich sicherlich um einfache Wolken. Aber ich ließ mich anstecken von dem bunten Treiben in der Stadt, wollte Teil haben an den glücklichen Gesichtern, kosmopolitisches Grandezza verbreiten und weltmännisch die fernen Abenteuer durchleben. Die Stadt hatte mich wieder gepackt, hatte mich fest in ihre Arme genommen und mich in die Lüfte geworfen. Es gab nichts, was mich jetzt noch aufhalten konnte, außer das leere Portemonnaie. Auch Xenia war knapp bei Kasse, wie sie sagte und so aßen wir am Abend in einem kleinen Restaurant in der Nähe des Hotels ein bescheidenes Menü, aber wir saßen nur ein paar Meter weit vom Meer, und das war mehr als ein nobles Essen uns hätte geben können. Der Abschied am nächsten Tag war kurz. Ich kann nicht sagen, dass ich erleichtert war, ich war auch nicht traurig oder hatte irgendwelche Bedenken. Wir hatten noch einmal einen schönen Tag, wir haben uns noch einmal gefreut am Leben in der Stadt und dann fuhr sie mit dem Bus aus dem Busbahnhof, schaute nicht mehr aus dem Fenster, dachte vielleicht an das, was auf sie zukommen würde. Ich sah ihr Gesicht nur von der Seite, vielleicht achtete sie auch auf etwas, das im Bus geschah, aber für einen kleinen Augenblick, es war das letzte was ich von ihr noch sehen konnte, hoben sich ihre Lippen und ich glaubte ein Lächeln erkannt zu haben.

*

Ich stütze meinen Kopf auf meine Hand und drücke mit Daumen und Zeigefinger auf meine Augen. Ich versuche noch einmal das Bild erscheinen zu lassen, oder die Sequenz der Bilder, die ich damals bei der Busabfahrt gesehen hatte. Ich versuche noch einmal die Stimmung einzufangen, versuche mich noch einmal daran zu erinnern, welche Gefühle mich damals beherrschten. Eigentlich hatten wir doch keine Beziehung, jedenfalls keine Liebesbeziehung. Dafür hatte Xenia schon gesorgt, darauf gepocht ihr nicht zu nahe zu kommen. Nur im äußersten Notfall konnte ich bei ihr Übernachten. Andererseits wollte sie aber auch nicht allein sein. Aber warum sollte ich mir jetzt noch Gedanken über ihre Empfindungen am Tag unseres Abschieds machen? Warum sollte ich mir überhaupt Gedanken über die Vergangenheit machen? Was wollen diese Erinnerungen mir so Wichtiges mitteilen, dass sie sich jetzt in meinen Kopf einschleichen? Was geschah so Besonderes in diesem Moment, der er mir als eine bedeutende Erinnerung anmutet? Die Antwort liegt in diesen wenigen Gedächtnisfetzen, in welchen ich still mit den Augen dem Bus nachfolgte.

Ich hatte eine Entscheidung getroffen, die gut für mich war. Ich wusste was ich wollte oder war doch auf einem guten Weg dorthin. Dieses Trommelfeuer der Gefühle, dieser Hagel von Emotionen, der auf mich einprasselte, konnte mir nicht mehr schaden. Ich hatte in den Tagen und Wochen in Los Molinos an Stärke gewonnen, an Selbstbewusstsein, das mir in all den Jahren zuvor verloren gegangen war. Die Erfahrungen, die Gespräche, die tägliche Zufriedenheit hatten mir eine Haut verpasst, die mir die Gelassenheit gab, die mir die Ruhe und Nüchternheit zu Teil werden ließ, das Leben, die Menschen und ihre Beziehungen etwas mehr abgeklärt zu sehen. Ich will nicht sagen, es ist eine dicke Haut. Vielleicht sollte ich sie lieber eine Schutzhaut nennen. Sie ist durchlässig, aber sie filtert heraus, was mir schaden könnte. Und ich konnte sie in diesem Moment verspüren. Ich erkannte, noch etwas verschleiert und unbewusst, ich wollte zurück zu meiner Familie. Zurück zu meiner Frau und den Kindern. Aber noch wollte ich den Weg dorthin in kleinen Schritten gehen. Noch überwog das Glücksgefühl meiner Unabhängigkeit, noch wollte ich lernen den Weg zu befestigen, meine Selbstsicherheit noch mehr abzusichern und das Fundament meiner Ehe zu stärken. Dafür musste ich aber wissen, warum ich Annika und die Kinder verlassen hatte. Nicht die oberflächlichen Gründe einer Midlifecrisis, nicht das Gefühl des Versagens, der Bedeutungslosigkeit. Diese konnte man sich offensichtlich möglicherweise noch bewusstmachen. Hatte ich das versucht? Hätte ich nicht mit Annika über diese Probleme reden können? War mein Lebenskonzept gescheitert? Hatte ich das nicht alles selbst zu verantworten? Ich wusste, ich habe es zu verantworten. Jeder Mensch hat sein Handeln zu verantworten. Das war die Erkenntnis, die mir damals im Busbahnhof von Almeria gegenwärtig wurde. Das waren die Gedanken, die um mich kreisten, und als würde eine Kamera von oben um mich fahren, sehe ich mich daselbst stehen, gefestigt auf meinen beiden Füßen, während sich alles um mich herumbewegt, während die Busse den Bahnhof verlassen und die Menschen in alle Himmelsrichtungen an ihre Ziele brachten. Während alle und jeder in seinen und ihren eigenen Gedanken war, sich das Bild dieser Welt auf tausenden und Millionen von Millionen Zellen menschlicher Netzhaut abbildete, während tausende von Millionen von Gedanken im gleichen Augenblick gedacht wurden, stand ich da und wurde mir so gewahr, wurde mir der Einzigartigkeit klar, war nicht mehr der Mensch im Bild meiner Gedanken, sondern leibhaftig. Ich war mir noch nie so bewusst wie in diesem Moment.

*

Ich blieb noch zwei Tage und zwei Nächte. In der Nähe des Stadions fand ich eine Herberge, die günstiger war. Dort gab es auch ein Internetcafé, in welchem ich mit Annika und meinen Freunden neue Nachrichten austauschen konnte. Und es war in dem Viertel der Stadt, das mich durch seine besondere Atmosphäre faszinierte, durch die Mischung von Geschäften, Cafés,

Restaurants und den schlichten, fast dörflich anmutenden Häusern, die sich dicht zusammen gedrängt hier in der Großstadt eingenistet hatten. Ich ging die Straßen auf und ab, lief im Schatten der hohen Häuser gleich hinter der Promenade und beobachtete das Treiben in den Geschäften. Es lag etwas Einfaches in der Luft. Einfache Menschen, Arbeiter, Geschäftsleute, Hausfrauen, Schulkinder. Es war das tägliche Leben. Die Straßenfeger und die Müllabfuhr. Der Postbote und die Männer vor dem Gewerkschaftsbüro. Ein Paketbote, der sich mit seinem Transporter durch die parkenden Autos manövrierte. Geräusche von Metall, das von einem LKW entladen wurde. Der Blick in den Super Mercado, die Kassiererin mit dunklen Augen und hochgestecktem Haar. Um die Mittagszeit leerten sich die Straßen und die Siesta begann. Ich trank wieder Kaffee auf der Strandpromenade, ich ging zu meiner Tabas Bar, ich fühlte mich gut, fühlte mich aufgenommen, fühlte mich als Teil des Ganzen, obwohl ich keine Gespräche führte, bis auf die wenigen Worte am Tresen oder der Versuch in der Herberge mit einem Gast ins Gespräch zu kommen, ein Sexologe, der auf einem Kongress hier in der Stadt war, den ich gerne über so manches ausgefragt hätte, der aber kein Englisch sprechen konnte, was mich verwunderte. Es war das leichte Nicken des Kellners, der Augenaufschlag der Verkäuferin beim Bezahlen des Gebäcks. Vielleicht war es auch die Tatsache, wonach mich keiner besonders beachtete, jeder seiner Tätigkeit nach ging, wie jeder Augenkontakt vermieden wurde und alles einer lässigen, südländisch spanischen Selbstverständlichkeit entsprach, die kein großes Aufsehen darüber machte, wie ein selbstzufriedener Deutscher die Straßen absuchte.

Ich fuhr wieder zurück nach Sorbas. Ich verließ die Stadt, fuhr die gleiche Strecke, wie bei meiner ersten Fahrt. Ich sah wieder die kaputten Fenster, die verfallenen Zäune und Mauern, aber ich machte mir keine Gedanken mehr darüber. Ich nahm es hin, wie es war. Ich hatte gelernt. Ich trampte von Sorbas nach Los Molinos und ein stämmiger Spanier in seinem Pickup Truck nahm mich mit. Wir konnten uns kaum verständigen. Mit den Händen und Fingern zeichnete ich den Regen nach, der auf die Windschutzscheibe fiel und deutete ihm an, wie wichtig der Regen für die Pflanzen ist. Er nickte. Er sprach kein Englisch. Er sah aus wie ein einfacher Mann vom Land, doch er kannte Los Molinos und seine Bewohner oder jedenfalls den Ruf, der bei den Einheimischen von dem Ort ausging. Aussteiger, Hippies, Verrückte. Sheila hatte mir davon erzählt und auch darüber, dass bisher niemand ihnen Schwierigkeiten gemacht hatte. Die Häuser waren verlassen worden, weil keiner mehr ein Einkommen in den Terrassen erwirtschaften konnte. Sie waren froh die Anwesen an die verrückten Engländer verkaufen zu können und auch die Gärten, die noch in Privatbesitz waren, durften kostenlos genutzt werden. Den ersten Interessenten folgten weitere Käufer und die Nachfrage wiederum ließ die Preise steigen. Es gab Gerüchte von Drogenhandel und die Polizei kontrollierte öfters entlang der Straße. Einer der englischen Mitbewohner erzählte von einer Leibesvisitation, mitten auf der Strecke, die auch die Kontrolle des Allerwertesten mit Hilfe von Gummihandschuhen einschloss. Ich wusste von Pauls Angewohnheit Haschisch zu rauchen, aber ob er das Gras von Chester bekam und woher dieser seinen Nachschub erhielt, entzog sich meiner Kenntnis. Wir fuhren schweigend den größten Teil der Strecke und ohne große Worte oder Anweisungen von mir, hielt er auf die Zufahrt von Los Molinos zu und ließ mich aussteigen. Ich war wieder zurück in meiner neuen, großen Familie.

Die nächsten Tage arbeitete ich zusammen mit David, dem einzigen Spanier in unserer Truppe und Helen, einer Schwedin, die Geologie studiert hatte und sich in dieser Region in ihrem Element befand. Mit dabei waren zwei spanischen Mädchen, die nur für ein paar Tage ein Praktikum absolvierten. Ihr Englisch war nicht besonders gut, aber ich verstand, dass sie von einer Berufsschule kamen, die sich mit den sozialen Aspekten in der Gesellschaft befasste. Sie waren an dem Zusammenleben in dem Wohnprojekt interessiert. Heute allerdings war das Thema – „Wie baue ich eine Trockenmauer." Die teils Jahrhunderte alten Bauwerke, noch aus maurischen Zeiten, verfielen langsam, seitdem sie nicht mehr genutzt wurden. Die Bauern, die früher hier wohnten, wussten noch wie das Mauerwerk zu reparieren war und kümmerten sich um deren Erhalt. David führte uns zu einer Mauer, die auf der anderen Seite des Tales lag. Unterwegs informierte er uns über die Zweckmäßigkeit der Gemäuer und ihre Entstehungsgeschichte und erklärte den Ablauf der Arbeiten, wonach der Winter die beste Zeit für dies Art von Arbeit war, weil die Leute weniger auf den Feldern zu tun hatten und die Temperaturen nicht allzu unerträglich waren. Schon der Weg zu der Terrasse war anstrengend genug, da wir auf einem schmalen Pfad am Hang entlang uns fortbewegen mussten. David zeigte uns auch einige der heimischen Pflanzen und einen Johannisbrotbaum, aus dessen Früchten eine Art Mehl produziert wurde, ein Kakaoersatz wie er sagte. Der Baum sei sehr genügsam und verhindere mit seinen Wurzeln das Auswaschen der Erde. Auf dem Rückweg wollten wir die reifen Früchte ernten. Die Wege mussten optimal genutzt werden. Das größte Problem mit der Reparatur der Einfassung war das Auffinden der passgenauen Steine und der Transport. Die Mauer musste stabil und stark genug sein, damit der Regen nicht den Sand ausspülen konnte. Das Puzzlespiel erforderte Geduld, genaues, konzentriertes Sehen, was nach einiger Zeit sehr anstrengte und ermüdend wirkte. Zum Teil mussten auch einige Steine abgetragen werden, um sie dann neu in etwas veränderter Ausrichtung einzufügen. Auch die jungen Mädchen waren mit Begeisterung dabei und stemmten die schweren Steine in die Höhe. Und natürlich wurde dabei auch viel geredet und gelacht. Wir waren früh aufgebrochen, aber mittlerweile hatte die

Sonne ihren höchsten Punkt erreicht und wir waren froh unter dem Johannisbrotbaum ein schattiges Plätzchen für die Mittagspause zu haben. Helen war auf ihrer Suche nach Steinen auch weiter nach oben geklettert. Dort hatte sie Fossilien von Muscheln gefunden und uns mitgebracht, was ein eindeutiger Beweis dafür war, dass diese Region einmal von Wasser bedeckt war. Wie sie uns erklärte, war die iberische Halbinsel tatsächlich einmal vom Mittelmeer bedeckt und wurde erst durch tektonische Verwerfungen angehoben. David erzählte uns über die Höhlen, die dieses Gebiet zu einem Anziehungspunkt für Höhlenforscher und Geologen macht und Helen hielt darauf einen Vortrag über die Entstehung der Höhlen und erklärte uns auch die geologischen Besonderheiten dieses Karstgebirges. Es war schön im Schatten zu liegen, sich von der Arbeit auszuruhen und den Erläuterungen zuzuhören. Eine körperliche Erholung und geistige Erfrischung. Während der Zeit in Los Molinos sollte ich noch viele Dinge lernen. Oliven zum Beispiel kann man nicht einfach vom Baum pflücken und essen, wie ich auch leidlich erfahren durfte, als wir einige der Olivenbäume abernteten und ich, im Baum sitzend, eine davon kostete. Bäume, die uns großzügiger Weise von einigen der Grundbesitzer zur Nutzung überlassen wurden. Wie in vielen anderen Regionen, hatten die Nachkommen der Landbevölkerung kein Interesse mehr an der mühsamen Arbeit auf den Terrassen und die Gärten verwilderten. So waren sie sogar froh und dankbar, weil wir uns um diese Bäume kümmerten. Die Oliven mussten erst in Salzwasser und danach noch mehrmals in ungesalzenem Wasser eingelegt und ausgewaschen werden. Wobei ich mich fragte, wie die Menschen früher diese Prozedur erkannten oder erfanden, damit die für diese südlichen Länder bedeutende Frucht genießbar wurde. Ich lernte, wie man aus den Früchten der Kakteen Marmelade machte. Ich lernte, wie man die Fruchtbarkeit und Bodenfeuchtigkeit der trockenen Böden durch Bodenpilze erhöhen konnte, wie Solaranlagen funktionieren und wie man mit den Sonnenstrahlen Wasser zum Kochen bringen kann.

Mit Solaröfen Brot backen und die Sonnenstrahlen zum Trocknen von Obst oder Kräutern zu benutzen lernten wir.

Bis zum späten Nachmittag hatten wir ein ordentliches Stück der Mauer repariert und neu aufgebaut. Das beste an der Arbeit waren die Gespräche, die Ratschläge, die Nachfragen, kurz es war schön mit Menschen zusammen zu sein, die nicht während der Arbeit auf die Uhr schauten, die mit Interesse, Neugierde und Spaß an die Arbeit gingen. Es war schön draußen in der Natur zu sein, die Luft, die Sonnenstrahlen, den Wind auf der Haut zu fühlen, mit den Händen die festen Formen der Steine zu ergreifen, den Druck und die raue, sandige Oberfläche auf den Händen zu spüren. Wir sammelten die Johannisbrotfrüchte und kehrten zurück, zurück in unser kleines Dorf, zurück in unsere große Familie, wo alle beim Abendessen von ihrer Arbeit und ihren Erlebnissen des Tages berichteten.

*

Wieder hielt ich inne in meinen Gedanken an die Zeit in Los Molinos, in Almeria und folgte der Geschichte des Erzählers, der durch die windigen Gassen des Küstenstädtchens streifte. Wie unterschiedlich doch das Leben ist, wenn sich die Umstände ändern. Das Meer, der lange Sandstrand und vor allem die salzhaltigen Winde, denen sich die angenagten Häuser entgegenstellten. Nur beobachten, schildern, ein Billardspiel, das tägliche Zeremoniell des Frühstücks, der Besuch der Katze. Sein Alltag. Touristen bestimmen mehr und mehr den täglichen Ablauf des Ortes, der früher noch mehr vom Fischfang lebte und den nahe gelegenen Salzfeldern, die schon früher von den Menschen zur Salzgewinnung genutzt wurden und ihr Einkommen und Leben bestimmte. Was bestimmte sein Leben? Welche Motive reizten den Schreiber, was war sein Ansinnen, sein Ziel? Und wie hatte er sein Auskommen? Er hatte sein Erspartes, konnte wie im Urlaub leben. Aber was würde danach passieren? Gedanken über das tägliche Leben.

Doch sogleich erhob sich in mir ein Unbehagen. Ich musste weiter darüber Nachdenken und ich konnte nicht umhin, meine eigenen Einstellungen in dieser Beziehung in Frage zu stellen. Was und wer bestimmt wie wir leben? Was brauchen wir zum Leben? Was ist vernünftig? Wie viel Arbeit braucht der Mensch? Wie viel Geld? Wie viel Liebe? Wie viel Menschlichkeit? Was braucht der Mensch?

Am folgenden Wochenende gab es eine Prozession in Sorbas. Schon die ganzen Tage wurde darüber gesprochen und geplant. Es war eine kirchliche Prozession, die der Fruchtbarkeit gewidmet war. Jedenfalls war es das, was ich aus den Gesprächen entziffern konnte. Glücklicherweise war einer der Gäste, so nannten wir die Leute, die nur ein paar Tage oder eins, zwei Wochen zu Besuch waren, glücklicherweise war er mit einem Leihwagen gekommen und so konnten alle auf die vorhandenen Fahrzeuge verteilt werden und nach Sorbas fahren. Wir ließen die Fahrzeuge auf dem großen Parkplatz vor dem Städtchen, da es in den schmalen Gassen zum Parken gar keinen Raum gab. Am zentralen Marktplatz vor der Kirche, wo auch das Rathaus und die Bodega lagen und ein herrschaftliches Haus angrenzte, gab es eine Reihe von Platanen und mit bunten Fliesen verzierte Sitzgelegenheiten. Es gab genügend Plätze für alle, und Etien mit ihrer kleinen Tochter Sue und ich setzten uns auf die mit Fliesen beklebte Steinbank vor der Bodega. Wir mussten nicht lange warten, als ein Sarg mit vielen kleinen Fischen behängt aus der Kirche getragen wurde. Der Platz füllte sich mit den Menschen aus der Kirche und auch von den Seitenstraßen kamen immer mehr Leute, um der Prozession zu folgen oder dem Treiben auf dem Platz zu zuschauen. Ich nahm Sue auf die Schultern, sodass sie besser sehen konnte und wir versuchten in die Nähe des Sarges zu kommen. Rund um den Sargdeckel waren Sardinen angehängt, die im Sonnenlicht glitzerten und ich wunderte mich, wieso und woher ein Dorf, welches mitten im Land liegt oder jedenfalls weit weg von der Küste, einen Brauch erhalten hatte, bei dem es mit Fischen um Fruchtbarkeit ging. Vielleicht hatte ich da etwas missverstanden, obgleich ich mir mit dem Symbol des Fisches, als christliches Zeichen, sicherlich auch etwas mit Fruchtbarkeit vorstellen konnte.

Die Prozession der Menschen mit einer Kapelle vorneweg, folgte dem Sarg zu einer der Seitengassen und verschwand aus unserem Augenfeld. Sue, Etien und ich spielten auf dem Platz Fangen und rannten zwischen den wartenden Menschen und den Bäumen, von einem Ende des Platzes zum anderen. Wir waren gerade in der Nähe der Bürgermeisterei, als der Prozessionszug wieder von der anderen Seite auf uns zu kam und vor dem Rathaus stehen blieb. Ich hörte, wie jemand eine kurze Ansprache hielt und wir dann Zeugen eines wunderlichen Spektakels wurden, als überraschenderweise die jungen Männer, die den Sarg getragen hatten, damit anfingen die Fische von den Schnüren abzureisen und sie auf uns und die umstehenden Zuschauer zu werfen. Wir zogen uns etwas zurück und beobachteten die Sache mit sicherer Distanz, bis alle Fische zwischen den zujubelnden Menschen auf dem Boden lagen, und die jungen Männer den Sarg wieder in die Höhe nahmen und zur Kirche trugen. Die kleine Sue war ganz aufgeregt und mir ging das ganze Schauspiel auch unter die Haut, sodass ich mir zunächst keine Gedanken machte, als ein Mann auf mich zukam und mir eine weiße Plastiktüte in die Hand drückte und auf Spanisch erklärte, ich sollte auf die Tüte aufpassen, während er zur Bodega ging. Das jedenfalls glaubte ich aus seinen Worten und Gesten herauszulesen, wobei er mit den Händen immer wieder auf mich und die Bank wies, und danach auf sich und zur Bodega deutete. Also setzte ich mich verblüfft und mehr als sprachlos hin und wartete. Etien und Sue kamen zu mir, nahmen neben mir Platz und wir schauten uns fragend in die Augen.

Sehr merkwürdig, was konnte in der Tüte sein, wenn er sie nicht mit in die Bodega nehmen konnte oder wollte? Der junge

Mann sah nicht aus wie ein Verbrecher. Mit seinem Bart, den Jeans und dem Hemd, kam er mir eher wie ein ganz normaler Bewohner dieser städtischen Gemeinschaft vor. Irgendwie bildete ich mir sogar ein, ihn schon einmal in einer Autowerkstadt gesehen zu haben, damals, als wir das Altmetall für unsere Metallwerkstatt einsammelten. Wir warteten. Warteten und schauten zur Eingangstür der Gaststätte. Nach geraumer Zeit wagte ich dann doch einen Blick in die Plastiktüte und war überrascht darin Toastbrot, Schinken und Käse zu finden. Sachen, die man vielleicht wirklich nicht mit in ein Restaurant nahm. Aber warum hatte er sie überhaupt dann mitgebracht? Kam er vom Einkauf? Sicherlich konnte man auch mit einer Einkaufstüte unbescholten ein Bier trinken gehen und sich mit Leuten treffen. Die Zeit verging und wir rätselten. Als es mir dann doch zu dumm wurde, gab ich Etien die Tüte und ging zur Bodega. Nirgendwo war der merkwürdige, fremde Mann zu sehen. Ich erkundigte mich bei einigen meiner Mitbewohner, die inzwischen im Lokal zusammensaßen und es sich gemütlich gemacht hatten. Auch Sheila saß mit am Tisch, und als sie hörte was ich zu berichten hatte, musste sie herzlich lachen. Dann erklärte sie mir, was es mit der Tüte auf sich hatte. Zu dem Brauch dieses Festes gehörte es auch, dass ein sündiger Mensch durch eine Gabe von Lebensmitteln an einen Bedürftigen oder Notleidenden, von seinen Sünden befreit wurde. Daraufhin mussten natürlich auch alle anderen am Tisch lachen, und auch ich konnte mich dem heiteren Hintergedanken nicht entziehen. Gut, ich war nicht in bester Sonntagskleidung zum Fest erschienen, aber meine ausgewaschenen Shirts und Jeans waren jetzt auch nicht voller Flecken und dem Zeugnis der Armut gekennzeichnet. Ich hatte durch die vegetarische Küche ziemlich abgenommen, was ich mir aber zum Vorteil annahm. Vielleicht lag es auch an der Tatsache, dass ich mit Sue und Etien auf dem Platz zusammen war und ich als älterer Mann mit der doch alternativ gekleideten, jüngeren Frau und dem Kind, ein bedauernswertes Familienbild abgeben könnte. Jedenfalls ging ich freudig erregt nach draußen, wo ich Etien alles berichtete und wir drei uns mit den Lebensmitteln dick belegte Sandwichs machten, und uns dabei auch nicht an die vegetarischen Gepflogenheiten unserer Gemeinschaft hielten.

*

Ich hatte kein schlechtes Gewissen. Es war eine einfache natürliche Art miteinander umzugehen. Ich erinnere mich an ihre Blicke, ihre Augen, die wie ein verängstigtes Tier manchmal auf ihre kleine Tochter blickten. Ich erinnere mich auch, wie sie sich freute, wenn ich oder jemand die Kleine zu sich nahm, spielte oder sie bei der Gartenarbeit mitmachen ließ. Ich hatte auch mein Vergnügen, wenn ich sie auf der Schulter trug oder mit ihr am Wasser nach Tieren suchte und Libellen oder Frösche verfolgte. Und ich erinnere mich, wie ich danach Sehnsucht nach meiner Familie bekam. Die Kinder waren alle schon groß und selbstständig, aber in meinen Gedanken, trug ich sie auch auf meinen Schultern, gingen wir an den See und bauten Sandburgen am Strand. Ich schlüpfte nochmals in die Rolle eines Vaters und wurde mit Dankbarkeit belohnt. Ich hatte kein schlechtes Gewissen, auch wenn Etien manchmal mit verträumten Augen mir gegenüber am Tisch saß, sie mir ihr Schicksal und ihre Flucht vor dem Vater des Kindes erzählte und sie ihr ganzes Herz vor mir ausschüttete. Sie hatte es nicht leicht in ihrer Familie. Ihr Vater war Alkoholiker und die Mutter war nicht in der Lage ihr zu helfen, als sie es am dringendsten hatte. Die Schwangerschaft war überraschend, aber sie glaubte mit dem Kind und ihrem Mann ein neues, ein besseres Leben anfangen zu können. Aber es kam anders. Sie musste mehr oder weniger vor ihm flüchten, besonders vor seinen Gewaltausbrüchen. Jetzt war sie in dieser großen Gemeinschaft und wollte darüber nachdenken, wie es weitergehen könnte. Das war eine neue Erkenntnis, die sich mir zeigte. Die Gemeinschaft konnte

Schutz geben. Die Gemeinschaft war nicht zufällig. Jeder hatte einen Grund, warum er oder sie hier war. Es gab ein gemeinsames Interesse. Wir mussten unseren Alltag gestalten, mussten uns um Nahrung und alles, was es zum Leben braucht kümmern. Wir versorgten uns so gut es ging selbst oder wir gaben einen Beitrag, damit die Dinge gekauft werden konnten, die wir nicht erzeugen konnten. Wir arbeiteten zusammen, kochten, aßen zusammen, tranken, redeten und lachten. Wir konnten einander helfen und wir konnten jemanden Schutz geben. Ich musste an Zoë denken, die am liebsten die ganze Welt mit solchen Gemeinschaften übersät hätte. Gemeinschaften, welche für die Menschen sorgten und welche mit Respekt und einer selbstverständlichen Einfachheit der Natur gegenüberstanden. Die die Grundbedürfnisse ihrer Bewohner befriedigen konnten und jeden freundlich aufnahmen, der zu ihnen kam oder den mit viel Glück bedachten, der sich auf den Weg zu einem anderen Wohnprojekt machen wollte. Und ich erinnere mich, wie ich darüber nachdachte, ob auch Annika hier glücklich werden konnte.

*

Es waren die Weihnachtstage gekommen. Das Wetter war auskömmlich. Die Nächte waren kalt, aber der blaue Himmel und die Sonnenstrahlen am Tag wärmten die Haut und gingen bis in unsere Herzen. Wir planten die Fahrt ans Meer. Die Fahrt nach Cabo de Gata, zu den Flamingos und an die Küste des Lichts, an der wir ein Strandfeuer machen, wo wir Kartoffeln in der Glut garen und Sangria trinken wollten. Die Fahrt über die Autobahn führte vorbei an dem Meer der Gewächshäuser, welche die sonst braune, trockene Landschaft in ein Puzzle von silbergrauen, schillernden Plastikrechtecken verwandelte. Es war auf eine unnatürliche Art atemberaubend, auch durch die Vorstellung, dass unter den endlosen Foliengewächshäusern Tomaten, Paprika und zahlreiche andere Gemüsearten und Salate, die sonst unwirtliche Gegend in einen fruchtbaren Raum verwandelten, der für die Menschen hier und vielen Migranten ein Auskommen sicherte. Erst in der Nähe, als wir schon auf engeren Straßen uns einen Weg durch das Folienlabyrinth suchten, konnte man die Pflanzen durch Risse oder offene Türen erspähen. Nur durch die Gewächshäuser aus Plastik war es überhaupt möglich in dieser trockenen Landschaft Landwirtschaft zu betreiben. Die Böden, wohl noch aus vulkanischen Ursprüngen, waren sicherlich gut geeignet, aber ohne Bewässerung, würde hier nichts wachsen. Die Folienhäuser verhinderten die starke Verdunstung und brachten einige Vorteile beim Einsatz von Pflanzenschutzmitteln. Wir versuchten uns vorzustellen, wie die Landschaft in Grün erstrahlen würde, wenn man das gräuliche, ausgebleichte Plastik wegdenken würde.

Und dann waren wir da. Vor uns lag das Meer mit der steinigen Küste. Wir fuhren die Küstenstraße hoch zu den Salzseen, an welchen dem Meer das weiße Gold abgerungen wurde. Hier gab es einen Bereich, der den Flamingos vorbehalten war und wir liefen über eine Ebene mit kleinen windgepeitschten Büschen und Gräsern zu einem Beobachtungsstand. Es war etwas ganz Besonderes die Tiere sehen zu dürfen, aber mir kam es nicht spektakulär vor. Sie passten in die Landschaft. Alles war anders. Nicht die grünen Buchenwälder, nicht das Grün der Wiesen und Felder meiner Heimat. Das Licht war anders, die kahlen Berge im Hintergrund. Der Wind wehte kräftig und die Luft schmeckte nach Salz. Die leicht rosa gefiederten Vögel standen im seichten Gewässer und steckten ihre Köpfe in das Wasser auf der Suche nach Nahrung. Es war so selbstverständlich, als hätte ich die Szene schon hundertmal gesehen. Es passte zu den Bildern in meinem Kopf, genauso wie sich das Gras im Wind vor mir beugte und bewegte, genauso wie die Wellen das Wasser um die Steine spülte, aufklatschte und in den Kieseln und zwischen dem Geröll gurgelnd verschwand. Ich lief entlang der Straße zurück zu den Häusern, zu der Ansiedlung, die dem Wind ihre Stirn bot. In den Fenstern hingen ein paar billige Weihnachtsdekorationen, ein paar Bänder flatterten am Gitter einer Metalltür. Ein alter Mann kam mit einer Tüte unter dem Arm aus einer Ladentür. Ein Hund lief entlang der Promenade und roch an einem Abfalleimer. Trotz des Windes setzte ich mich an den Tisch vor dem Restaurant und bestellte eine Cola. Ich hielt das Glas in der Hand auf dem Tisch, dessen Farbe abblätterte. Ich schaute auf das Meer, die Küste, die Straße. Der Wind wehte. Vom Wasser kam das Rauschen und Schlagen der Wellen. Für einen Moment blieb die Zeit stehen. Ich musste nur noch atmen. Die Bilder. Salz auf der Haut. Salz in der Luft. Sonne. Wind. Sand. Geräusche. Kein Mensch weit und breit. Ich in meinen Gedanken. Alles blieb stehen. Alle warteten.

Es war das Hupen von Hans Peters Bus, das mich aus dieser Trance aufschreckte. Sie waren abfahrbereit. Weiter entlang der Küste, auf der anderen Seite der Berge lag die sandige Bucht, lag der Playa de los Genoveses an der Costa del Sol. Nur ein paar Kilometer nördlich des windgepeitschten Ortes, lag der von den Einheimischen beliebte Badestrand. Zu Weihnachten und bei dem böigen Wind hatten wir die ganze Bucht für uns allein. Hinter einem kleinen Wäldchen aus Büschen parkten wir die Fahrzeuge und brachten alle Picknickkörbe und Taschen zum Strand. Einige zogen sich aus und rannten schreiend und jauchzend ins Wasser. Andere suchten nach Strandgut und das Holz für das Feuer oder zogen allein entlang der Küste. Es war ein friedlicher Weihnachtsnachmittag. Alle waren in guter Stimmung, mal nachdenklich, auf einer Decke liegend, dem Feuer zugewandt. Schnatternd vor Kälte in Handtücher gewickelt oder mit den Folienkartoffeln und den Küchenutensilien hantierend, um das Essen bemüht. Alles passierte ohne große Worte, ohne Befehle oder Weisungen. Alles

lief Hand in Hand. Keiner beklagte sich, keiner fühlte sich ausge-
schlossen. Es war so einfach. So selbstverständlich. Ich suchte
nach den schönsten Muscheln am Strand. Ich lief der Bucht entlang zu den Hügeln. Wie oft war ich mit den Kindern Muschel
sammeln. Es war Weihnachten.

*

Warum merkte ich das erst nach so vielen Jahren, warum
musste mich erst jemand anderes daran erinnern und all diese Bilder wiederaufkommen lassen. Das waren Erinnerungen voller
Harmonie und Bilder mit glücklichen Menschen. Gab es keine
Differenzen, keine Dissonanzen? Ich erinnere mich an das Problem mit dem kalten Duschwasser. Das war ärgerlich, aber es war
kein Streit zwischen zwei oder mehr Personen. Ich erinnere mich,
wie Robert total verknallt, verhext oder von Sex besessen, seine
technischen Erfindungen von ein auf den anderen Tag links liegen ließ, und sich mit Melina, einer Punkerin mit vorwiegend
schwarzem Outfit, tagelang in sein Zimmer verkroch. Manchmal
kam er abends kurz in die Küche, um etwas zum Essen für beide
zu holen. Ich kann mich erinnern, wie man darüber lächelte oder
ungläubig mit dem Kopf schüttelte. Niemand forderte die beiden
auf, sich wieder an den Arbeiten der Gemeinschaft zu beteiligen,
es sei denn, dass mir ein solches Gespräch entgangen wäre. Vielleicht gab es auch so etwas wie eine nonverbale Kommunikation
oder Mitteilung, jedenfalls endete die Episode mit der mehr oder
weniger plötzlichen Abreise der Beiden. Vielleicht war es wirklich
so, dass nur die Leute auf Dauer oder länger in der Gemeinschaft
blieben, die sich in die täglichen Strukturen der Wohngemeinschaft anpassen oder einfügen konnten. War es nicht richtig und
wichtig, die eigenen Interessen den Interessen der ganzen Gruppe
unterzuordnen? Oder waren es nicht auch die eigenen Interessen,
die von allen befriedigt wurden? Die gemeinsamen Arbeiten im

Garten dienten dazu unsere Nahrung zu erzeugen. Die Arbeiten an den Häusern, um einen sauberen, sicheren Wohnraum zu haben. Wir benutzten fast ausschließlich regenerative Energien, bis auf die Gasflasche in der Küche. Wir recycelten so ziemlich alles, was uns in die Hände kam. Leere Plastikflaschen oder Stoffreste als Dämmmaterial für die Dächer. Küchen- und Gartenabfälle wurden ebenso kompostiert, wie die menschlichen Ausscheidungen. Wir hatten die gleichen ökologischen Vorstellungen und Ziele von einer Kreislaufwirtschaft. Wir konnten selbstbestimmt agieren und wollten autark sein, was uns jedoch nicht vollständig gelang, weil wir nicht alle Grundnahrungsmittel selbst erzeugen konnten. Es gab niemanden, der oder die eine Marschrichtung vorgab oder auf die Einhaltung besonderer Regeln achtete. Wir diskutierten gerne über die beste Art des Wirtschaftens, wir verglichen die Vor- oder Nachteile diverser Gesellschaftsformen. Wir kritisierten die politischen und ökonomischen Verhältnisse unserer Heimatländer. Wir waren uns alle einig, nur so wie wir es machten, unsere Art und Weise zu leben und zu wirtschaften, war richtig. Auch wenn es für den einzelnen nicht auf Dauer war, auch wenn viele schon nach wenigen Wochen oder Monaten wieder die Gemeinschaft verließen, oder es für den ein oder anderen eine Auszeit war. Ein Experiment oder eine Zeit des Lernens und neuer Erfahrungen. Einstimmig waren wir uns einig, nur unsere Form des menschlichen Zusammenseins, ist die Richtige. So wie wir im Einklang mit den Erkenntnissen aus der Natur unsere Grundbedürfnisse zusammen erarbeiten. Wie wir in der temporären Gemeinschaft uns gegenseitig helfen und unterstützen. Wie wir miteinander die Zeit, die Tage gestalten, wie jeder nach seinen oder ihren Fähigkeiten, die notwendigen Arbeiten übernehmen kann und auch die Dinge, die uns vordergründig nicht als notwendig erschienen, dem Wohlbefinden aller gut tat, - jemand mit seinem Wesen, der Kreativität oder dem Humor, die Bedürfnisse unseres kleinen Kollektivs abrundete. Und jeder konnte seine Zeit für sich haben. Konnte im Sessel in der Sonne sitzen und in Ruhe ein Buch lesen. Konnte einsame Spaziergänge in die Natur machen oder den schmalen Pfad durch den Bambushain beschreiten, der zwischen abgestürzten Felsen, hin zu einem kleinen, versteckten Badeteich am Scheitel des Tales führte. Der Badeteich leuchtete von dem türkis schimmernden Wasser, welches noch leicht angewärmt aus dem Erdinneren sprudelte. Wie eine überdimensionale Badewanne ruht ein Bild vor meinen Augen, ein kleines Refugium, eine Oase der Erholung für Körper und Seele.

Und da lag ich, der blaue Himmel über mir, schwerelos auf dem Rücken schwebend. Mir war, als würde ich ein entspanntes Bad in meinen Erinnerungen nehmen. Ich erinnere mich. Ein unvergessliches Bad in der Geschichte. Ein Bad im Schoße der Natur, aus der auch wir Menschen geworden sind, aus ihr geboren wurden. Es war das, es waren diese Erkenntnisse, die ich mit nach Hause nehmen wollte.

*

Über die Weihnachtsfeiertage hatte ich öfters Kontakt mit Annika. Wir schickten uns kurze Mitteilungen, Textmessages oder elektronische Nachrichten zu. Wann immer ich konnte, und das war begreiflicherweise tagsüber, wenn die Sonne schien, steckte ich das Handy in die Steckdose. Was für eine Errungenschaft der Technik. Es ist eine wüstenähnliche Landschaft, Steine, ein paar getrocknete Sträucher und Büsche, weit und breit keine Menschenseele, kein Haus, scheinbar kein Leben. Aber du hast ein Mobiltelefon und du hast Empfang, du kannst Kontakt aufnehmen. Einen kurzen Text eingeben, abschicken und Sekunden später kommt eine Antwort. Annika wollte nach Spanien kommen, und ich wollte wieder nach Almeria fahren, wollte sie am Flughafen abholen und wir wollten zusammen mit einem Mietauto die Berge erkunden. Ich klärte alles mit Sheila ab und fuhr mit dem

Bus nach Almeria. Ich fühlte mich schon ganz ein wenig wie zu Hause. Die Herberge, der Stadtteil, die Bodegas, das Internetcafé, die Menschen auf der Promenade, die Palmen und das Meer, es wurde mir alles vertrauter. Ich hatte schon dieses Gefühl, wonach auch die Leute aus Almeria mich wie einen Mitbewohner, einen Einheimischen betrachteten. Ich gehörte dazu, wie jeder andere, der vor dem Café saß. Ich hatte nicht viel Geld zur Verfügung, aber es bekümmerte mich nicht. Ich fühlte mich wie der Student, der ich einmal war und der sich damals auch kaum Sorgen um seine Zukunft, um das Auskommen für den nächsten Monat machte und täglich lebte.

Ich fuhr mit dem Linienbus zum Flughafen. Aus dem Fenster der Bustüren sah ich die Straßen, die Häuser und Menschen. Ich hielt mich fest. Ich wusste nicht, was ich sagen werde. Der Flughafen, die Haltestelle, der Terminal, die Halle, Schalter, Werbung, Reflektionen, Licht und Schatten, eine Palette von Farben. Sie kommt auf mich zu. Ich erinnere mich an ihr Lächeln, ihre blauen Augen, die dunkelblonden Haare. Ich erinnere mich, wie wir langsam aufeinander zulaufen, wie unsere Augen sich suchen und zu erforschen beginnen, zu erkennen und zu verstehen versuchen. Ich erinnere mich. Ich halte sie in meinen Armen. Meine Frau Annika.

*

Ich kann mich nicht mehr an unsere Gespräche erinnern. Ich sehe noch die Bilder, als wir mit dem Auto zu den Flamingos fahren. Als wir den kleinen Ort erkunden. Ich sehe noch die Bilder von einer kargen, steinigen Landschaft mit der bergigen Küste, dem Park von Cabo de Gata. Ich sehe das kleine Fischerdorf, in dem wir ein Einzimmerapartment direkt am Wasser mieteten, mit einer kleinen Terrasse, wo wir frühstücken konnten, mit Blick auf das Meer. Ich sehe uns entlang der Küste laufen, über den Hügel, weiter zu einer verlassenen Bucht, in der wir uns liebten. Wir liebten uns in der Sonne, zwischen ausgedörrten Gräsern. Liebten uns in unserem kleinen Apartment und sahen, wie unsere Körper sich noch wollten, wie sie zärtlich zueinander sind, sich anziehen und wie sie zueinander passen. Nichts ist fremd oder fraglich, alles natürlich. Wir genießen die Zeit in unserem kleinen Ferienparadies. Fahren zu einem Markt und kaufen ein. Wandern zum Tal der Aussteiger, junge Menschen, die hier ungestört die Zeit verbringen. Einige nur ein paar Tage, andere, schon sichtbar gealtert, auch schon ein paar Jahre. Fahren nach Almeria, besuchen die Stadt, die Festung. Essen und Trinken in der bekannten Bodega, wo der Kellner mich lächelnd begrüßt. Flanieren entlang meiner Promenade. Wir fahren mit dem Auto in die Berge, fahren nach Granada und planen in unseren Gedanken neue Abenteuer, neue Wandertouren und unsere Zukunft. Ich kann mich nicht mehr erinnern, ob ich sagte, ich weiß nicht oder ob ich sagte, ich weiß noch nicht, als mich Annika zum Abschied fragte, ob wir wieder zusammen sind.

*

Ich versuche ihre Gedanken zu erraten, nein nicht zu erraten, ich versuche die Gedanken nachzuvollziehen. Ich versuche in ihre Position zu schlüpfen, versuche mir vorzustellen, wie sie zu Hause ihrer Arbeit nachgeht, wie sie die Verantwortung für ihren Beruf ausübt, Geld verdient und sich um die Fragen und Bedenken der Kinder sorgt. Kann ich das wirklich nachvollziehen? Empfinden? Kann ich begreifen, was ich ihr und den Kindern angetan habe? Ich sehe sie weinend, wütend, verzweifelnd. Ich sehe sie in Gedanken schreiend, wieder Mut fassend, sehe sie hilflos allein und klaglos im Kreis der Freunde. Die Gedanken zehren an ihrem Körper, die Freude bleibt bruchstückhaft, der Trost in Gesprächen am Telefon. Und doch, sie glaubt an uns. Sie plant, ruft an, organisiert. Es ist die Hoffnung, es ist das Gute, was überwiegt. Die Kraft der Liebe, die nicht abbricht. Sie braucht nur ihren Raum. Der Raum ist gefüllt mit Erinnerungen, Bildern von schönen Tagen, Emotionen und Schmerzen, von Zuneigung, Hilfe und Ratlosigkeit, gefüllt von Jahren und Tagen, Besonderem und Alltäglichem. Vielleicht wurde der Raum zu klein. Vielleicht war der Raum nicht groß genug für Neues. Hatten neue Gedanken keinen Platz mehr gefunden. Vielleicht musste ich einfach mal nach draußen gehen und habe nicht verstanden, die Konsequenzen zu erkennen. Es war die Neugierde, die neuen Räume zu erforschen, neue Entdeckungen, neue Erfahrungen zu machen, wieder Treibgut zu sein, zwanglos und selbstbewusst. Ein Rad, das sich mit eigener Kraft wieder dreht. Nicht im Räderwerk, nicht im Rhythmus. Ich konnte es noch nicht in Worte fassen. Wir sprachen nicht über uns. Ich zeigte ihr das Tal, den kleinen Fluss, die Felsen, den Bambushain und die Kakteen. Ich zeigte ihr die Gartenterrassen, die Olivenbäume und die Orangenbäume, die im Winter voller Orangen hingen. Wir wanderten durch das trockene Tal, sahen die Spuren, die das Wasser hinterlassen hatte und stolperten durch das steinige Bachbett. Wir badeten im türkisfarbenen Wasser, wärmten unsere Körper auf nacktem Fels. Ich kann mich an die Bilder erinnern, nicht an unsere Gespräche. Vielleicht sprachen wir über die Schönheit der Landschaft, vielleicht darüber am Meer zu wohnen. Vielleicht bemerkten wir die Zurückhaltung der Menschen, das unfreundliche Gesicht des Kassierers. Sicherlich sprachen wir über die warmen Quellen und die jungen Menschen, die hier alternativ lebten. Ich kann mich nicht erinnern. Nur der Abschied, als Annika am Steuer im Auto saß und mich noch am offenen Fenster des Beifahrers fragt: Sind wir wieder zusammen?

*

Ich war wieder zurück in Los Molinos, wieder zurück in meiner Klausur, dem Zimmer mit dem kleinen Fenster, den getünchten Wänden. Ich war wieder bei der Arbeit im Garten oder der Werkstatt, bereitete das Frühstück vor, kümmerte mich um die Brote, fuhr mit den neuen Freunden nach Sorbas, um einzukaufen und am Abend saßen wir wieder zusammen auf der Terrasse, tranken billigen Rotwein und philosophierten oder fachsimpelten über die Funktion der Solaranlage und wie man noch effizienter Energie erzeugen könnte. Keiner fragte mich über die Zeit mit Annika. Nur Anne, die mir zu einer lieben Freundin wurde, blickte mich vorwurfsvoll an und ging mir aus dem Weg. Sie hatte da ihre eigenen Ansichten und Vorstellungen. Green and clean, war eine ihrer Aussagen, Öko bedeutete für sie, dass man deshalb nicht auf alte, bewährte Weisen verzichten müsste und Sauberkeit war für sie ein Wohlfühlargument. Anscheinend auch die strickte Klarheit in Beziehungen. Margret war schwanger und durfte nicht mehr so schwierige Aufgaben an der Reparatur der Häuser übernehmen. Paul, der seine Beziehung zu Margret sonst nie so richtig hervorkehrte, blieb die Nächte nicht mehr so lange auf und trank auch weniger. Er hatte seine eigenen Gefühle und Gedanken zu sortieren. Sheila strahlte ihre angenehme Ruhe aus, vielleicht mit dem Blick einer Wissenden oder doch des Verstehens. Ich merkte, obgleich unsere Beziehungen herzlich waren, obwohl wir uns ergänzten und Spaß miteinander hatten, die emotionalen Bindungen waren nicht so tiefgreifend, waren nicht so sehr intim, sie waren freundschaftlich und respektvoll. Jeder ging seinen Weg und es war schön, den Weg gemeinsam zu gehen.

*

Für das Wochenende plante ich eine Wanderung zur Küste. Mit nur ein paar Kleidungstücken zum Wechsel machte ich mich auf den Weg in Richtung Osten, Richtung Mojacar. Als Orientierung diente mir eine Überlandleitung, welche vielleicht die kürzeste Strecke versprach. Jedoch die Tatsache, dass ich durch unwegsames Gelände steigen, teils klettern musste, machte das Weiterkommen äußerst zeitraubend. Ich umrundete gerade einen Hügel und nahm Ausschau nach einem ausgebauten Weg oder einer Straße, als mich von einem gegenüberliegenden Aussichtspunkt ein Mann mit einem Hund beobachtete. Ich blieb stehen und musste die Augen zusammenkneifen, um den Mann richtig sehen zu können. Ich tat dies auch deshalb, weil mir die Erscheinung doch sehr ungewöhnlich erschien. War dies nicht ein dunkelhäutiger Mann mit einer arabisch aussehenden Kopfbedeckung? Hatte er nicht einen Speer in der Hand oder war es ein langer Stab? Wie er so mit seinem Hund an der Seite von der Anhöhe herüberschaute, musste ich an eine Gestalt aus dem wilden Kurdistan denken, eine Gestalt aus einem der Bücher von Karl May. So unwirklich kam mir das Erlebnis vor. Zaghaft hob ich die Hand und winkte zum Gruß. Er stellte sich jetzt aufrecht hin und grüßte mit seiner Hand zurück, wobei er bedeutete, ich sollte doch zu ihm hinüber kommen. So lernte ich Jason kennen. Ich musste noch um den Hügel herum und eine kleine Steigung erklettern, bevor er mich mit seinem strahlenden Lächeln und mit kräftigen Handschlag begrüßte. Auf dem Kopf trug er eine Art Turban, so wie ihn die Hirten in Nord Afrikanischen Ländern tragen, auch der Umhang oder die Djellaba und ein langer, gebogener Stab, vermittelten den Eindruck eines Hirten. Dazu der Hund, der ruhig an seiner Seite saß. Die Anhöhe, auf der er stand, war durch einen Bulldozer planiert und mit einem kleinen Erdwall abgegrenzt worden. An den vier Seiten der Himmelsrichtungen, standen große Steinformationen, die an einen Nachbau von Stonehenge erinnerten. Ohne große Umschweife oder Scheu erklärte er mir die Arbeiten, die er hier in Auftrag gegeben hatte und erläuterte mir seine Pläne für ein rustikales Steinhaus oder war es eine Blockhütte, die er nun selbst erbauen wollte.

Jason war Afrikaner, der in England als Automechaniker gearbeitet, und mit seinen Ersparnissen hier in Südspanien dieses abgelegene Grundstück erworben hatte, auf dem er jetzt mit einer bescheidenen Rente lebte. Vorerst wohnte er in einem alten Wohnwagen, etwas unterhalb des eingeebneten Plateaus, und in einem ausrangierten Sattelanhänger, ein großer Kasten, durch dessen offene Flügeltüren eine Couchgarnitur zu sehen war. Ein zweiter, etwas kleinerer und ramponierter Wohnwagen stand abseits an einem ausgetrockneten Bachbett. Über eine kleine Holztreppe gelangte man in den Anhänger und konnte gemütlich, wie in einem Wohnzimmer, auf der Couchgarnitur Platz nehmen. Der Ausblick entsprach einem riesigen Panoramafenster mit Blick auf die Hügel, was dem Ganzen noch mehr Atmosphäre und Einzigartigkeit verlieh. Jason servierte Tee und so saßen wir dann letzten Endes, wie zu einer englischen Teezeremonie in seinem offenen Wohnzimmer und unterhielten uns. Er kannte Los Molinos vom Hörensagen, war aber noch nie selbst dort gewesen. Er wollte lieber allein sein, ein Einsiedler. Er hatte zwar auch schon einige Langzeitgäste hier, die in dem kleinen Wohnwagen geschlafen hatten, aber seine Erfahrungen und Enttäuschungen im Umgang mit seinen Mitmenschen ließen ihn immer wieder als Einzelgänger zurück. Es fiel ihm nicht leicht Kompromisse zu machen. Er hatte seine eigene Vorstellung von seinem Leben, und die passte nicht zu den Ansichten vieler seiner Zeitgenossen. Ich konnte mir vorstellen, dass es hier draußen, abseits aller Zivilisation, so ganz allein, sicherlich auch seine Reize hatte, solange man mit seinen Plänen und Arbeiten für die Zukunft und in der Gegenwart beschäftigt war. Aber ich konnte mir kein Leben in Abgeschiedenheit und einsam, und dies auf Dauer, vorstellen. Ich erzählte ihm von den gemeinsamen Aufgaben in unserem Wohnprojekt, und den Gesprächen und Diskussionen und den geselligen Stunden am Abend. Er schaute etwas nachdenklich in seine Tasse Tee, und ich denke die Tatsache, oder die Hingebung, mit der er sich so freundlich um mich kümmerte, zeigte das Bedürfnis nach Kommunikation. Ein Lächeln um seine Lippen, der zufriedene Blick, einige Minuten der Stille, sprachen dann eine andere Sprache.

Inzwischen hatte es angefangen zu Regnen. Jason erklärte mir, dass es nun unmöglich wäre weiter über die Sierra zu wandern. Der feine, lehmhaltige Boden würde zu einem rutschigen Abenteuer werden, aber hier bleiben konnte ich auch nicht, weil er jeden Moment seine Freundin erwartete. Und dann war sie auch schon da. Jetzt lag es an mir sprachlos zu sein. Sie war eine sehr attraktive Frau, mit der spanisch, südländischen Ausstrahlung, den dunkelbraunen Augen und einem Wuschelkopf, mit dunklen, schwarzen Locken und ich kannte sie. Kennen war vielleicht zu viel gesagt. Sie war mir in einem Lokal am Hafen, direkt neben den Fischhallen aufgefallen. Sie und ihre Zwillingsschwester bedienten die Gäste in dem Fischrestaurant, in dem Annika und ich erst vor einigen Tagen gegessen hatten. Jason stellte mir Flor vor und erzählte ihr von meinem Ausflug an die Küste. Sie erwiderte, soweit meine Spanischkenntnisse das übertragen konnten, so etwas wie, der ist genau so verrückt wie du, und sprach auch davon, wie unmöglich es für mich jetzt wäre auf den Feldwegen weiter zu laufen. Sie hatte ihren Wagen unten an der Straße stehen lassen müssen, weil auf den rutschigen Wegen kein Fortkommen mehr war. Tatsächlich konnte man nur von Grasbüschel zu Grasbüschel stelzen. Der nackte Boden war rutschig und der nasse Lehm klebte an den Sohlen. Mühsam folgte ich dem Weg zurück, bis ich wieder auf die geteerte Straße kam, dort, wo auch ihr VW Käfer stand. Ich hatte nun nicht mehr genügend Zeit für die Wanderung nach Mojacar und meine Gedanken waren auch nicht mehr auf diesem Weg. Ich stand noch eine ganze Weile am Straßenrand und betrachtete den schwarzen Volkswagen.

Ich erinnere mich, ich weiß es auch noch heute, wie ich voller Neid auf Jason in seinem kleinen, eigenen Paradiese war. Er würde sicherlich die bezaubernde Flor in seinen Armen halten und jetzt war ich es, der allein war, der durchnässt den Rückweg nach Los Molinos nahm und nicht in romantischer Zweisamkeit auf eine Traumreise gehen konnte. Der Gedanke zur Küste zu wandern verflog zusehends. Zum einen war schon viel Zeit vergangen und es regnete, zum andern hatte das Treffen und die Gespräche mit Jason meine Gedanken in eine ganz andere Richtung gelenkt, der Einsiedler, das Glück, Zufriedenheit. Und die Gedanken an Flor, die mich übermannten. Sie waren in meinem Kopf, sie waren da, die Bilder von Flor und ihrer Schwester. Ich sah sie, ich verinnerlichte sie, sie entwickelten sich aus der Vergangenheit, überholten die Gegenwart und wurden zur Fantasie. Die Bilder beherrschten für kurze Zeit meinen Körper. In Sekunden durchlebte ich ein halbes Leben. Das blaue Meer, die Wärme der Kaimauer, das Restaurant mit weiß angestrichenen Wänden, das Spiegelbild in der angelehnten Glastür, ihr Lächeln, der Arm um ihre Taille, das permanente Gefühl des Glücks. Ich sehe, wie ich den Blick vom metallisch umrandeten Seitenfenster des schwarzen VW Käfers wende, sehe mich noch kurz darin gespiegelt, sehe noch wie ich den Kopf drehe, lächele und zufrieden den Blick entlang der nassen Straße lenke. Ich sehe den Dampf, der von der Straße aufsteigt und erkenne, das ist der Weg zurück. Ich spüre, etwas hat sich verändert, etwas in mir hat erkannt und Gestalt angenommen. Es tut gut festen Boden unter den Füßen zu haben. Ich spüre, wie das Gefühl des Glücks durch meinen Körper zieht, wie es den Schwung der Beine beeinflusst, wie es in den Waden kribbelt, so als möchte man fast rennen. Ich spürte das Glück der Gedanken, das Glück der Erinnerungen und das Glück des Erlebens. Ich war nicht mehr neidisch, im Gegenteil. Ich freute mich. Ich war zufrieden. Ich hatte mich in meinem Spiegelbild erkannt.

*

Bis zum Anbruch der Dunkelheit war ich zurück. Jason hatte mir einen alten ausrangierten Regenschirm geliehen, wenn auch mit der Beteuerung denselben nicht mehr zu benötigen und dennoch hegte ich danach die Hoffnung, dass er trotzdem einmal vorbeikommen würde. Das bizarre Erlebnis beschäftigte mich noch mehrere Tage, und nach meinen Berichten von dem Treffen an den gemeinsamen Abenden mit Paul und den anderen, wünschte ich mir eine Bestätigung durch seine Ankunft, zumal Jason ein gewisses Interesse an der Bekanntschaft mit den Engländern, so titulierte er sie etwas befremdlich, angegeben hatte. Die Tage vergingen mit der Arbeit im Garten, dem Reinigen und reparieren der Werkzeuge. Rachel und ich sortierten und überprüften die Stoffe, die in einigen Kisten eingelagert waren. Wir hatten beschlossen, alle Räume einer ausführlichen Inventur zu unterziehen, die Vorratsräume zu inspizieren und die Gemeinschaftsräume und Bücherregale zu säubern. Für die privaten Räume war jeder selbst verantwortlich. Beim Ordnen der Bücher vor meinem kleinen Zimmer, das ich nun gottlob wieder für mich allein hatte, fiel mir ein Buch über die Ökodörfer in Europa in die Hände. Mit dem Buch ließ ich mich auf einem der bequemen Sitzgelegenheiten am Geländer nieder und begann darin zu lesen. Meine Gedanken und Fantasien begannen neue Wege zu gehen. Neugierig studierte ich die selbstgeschriebenen Berichte und die aufgenommenen Bilder der verschiedenen Wohngemeinschaften, ihre Beschreibungen und Ziele und ihre Lebensphilosophien. Eine dieser Kommunen fiel mir auf einer Karte besonders ins Auge, weil sie sich ganz in der Nähe befand und weil sie einen wunderschönen Ausblick auf das Meer versprach.

Als ich das erste Mal anrief, dachte ich einen Mann am Telefon zu haben, so tief klang diese Stimme. Von den Informationen im Buch über alternative Lebensgemeinschaften erfuhr ich nur etwas von einer Ansprechpartnerin, einer gewissen Antonia Pfister und

ihre Telefonnummer. Die Lage des Hauses und der alten reno-
vierten Mühle war malerisch beschrieben und besonders hervorgehoben wurde die Tatsache, wonach es einen großartigen Blick
auf das Meer gab. Dazu eine kurze Zusammenfassung ihrer Le-
bensphilosophie. Die Gemeinschaft wollte Raum für eine innere
wie äußere Entwicklung bieten, in der das Bewusstsein ebenso
wie die ganzheitliche Lebensweise im Vordergrund stand. Es gab
eine Angabe über die Anzahl der ständigen Bewohner, die aber
durch Gäste und Freunde, welche den aufgezeigten Weg über
kürzere oder längere Zeit begleiten wollten, ergänzt wurde. Ich
hatte mir vorgenommen für einige Zeit diese Lebensgemeinschaft
zu besuchen. Ausschlaggebend war meine Neugierde auf andere
Gruppen, die Vorstellung und die Aussicht auf das Meer, das
man von ihrem Grundstück aus sehen konnte, es eigentlich ganz
in der Nähe von Los Molinos lag und die Gründungsmitglieder
aus Deutschland kamen. Und da war auch die Angelegenheit mit
dem Bewusstsein und der ganzheitlichen Lebensweise. Das
mochte ich doch genauer inspizieren. Ich sollte in ein paar Tagen
wieder anrufen, wenn die Gruppe über meine Anfrage beraten
hatte.

Während des zweiten Gesprächs bemerkte ich dann doch, dass
der Tonfall mehr einer weiblichen Person zugeordnet werden
musste. Vielleicht aus früheren Erfahrungen kam mir das Bild einer Frau in den Kopf, die womöglich schon etwas älter war, die
vom Leben gezeichnet war, die rauchte und auch dem Alkohol
wohlgesinnt war.

Ich wäre herzlich eingeladen und die Gruppe würde sich auf
mich freuen und alle wären gespannt mich kennenzulernen. So
waren ihre Antwort und ihre freundliche Einladung am Telefon,
und wie ich später erfahren durfte, auch auf Grund meines Alters,
der um einiges über dem Durchschnitt der anwesenden Mitbewohner lag. Ich meldete mich bei Sheila ab, welcher ich meine Ex-
kursion genauer erklärte und konnte glücklicherweise mit zwei

Gästen in ihrem gemieteten Wagen mitfahren. Auf der Rückreise nach Almeria wollten sie an der Küste entlang und noch eine ausgiebige Sightseeingtour machen. Der Wagen hielt an einem kleinen Hinweisschild an der Straße. Ich bedankte mich artig, schulterte den Rucksack mit den notwendigsten Kleidungstücken und folgte der Richtung des Wegweisers.

Der staubige, steinige Weg, führte um eine Anhöhe herum und erst nach einer geraumen Weile, in der mir schon einige Bedenken aufkamen, konnte ich die Spitze einer Windmühle sehen, die über den gewellten Bergrücken herausragte. Als ich am Grundstück ankam, war gerade hektische Aufbruchsstimmung. Antonia, die mir zur Begrüßung die Hand reichte und sich vorstellte, war auf dem Weg nach Deutschland, um einige akute, familiäre Probleme zu klären. Sie war tatsächlich schon eine ältere Frau, die ich um die siebzig Jahre schätzte, sie war mager und sie hatte eine Zigarette in der Hand. Umgeben war sie von einer Gruppe Jugendlicher, die ihr abwechselnd versicherten, dass alles in Ordnung ist, sie sich keine Sorgen machen müsse und alle gut zurechtkämen. Sie sprach mich mit ihrer männlich, rauchigen Stimme an und bedauerte, nun sie so kurzfristig gehen zu müssen. Sie hätte mich sehr gerne näher kennengelernt. Vielleicht könnten wir dies nach ihrer Rückkehr aufholen und solange sie weg war, sollte Gerhart sich um mich kümmern. Das alles geschah in den wenigen Minuten meiner Ankunft am Eingangsgatter des eingezäunten Grundstücks, auf dem ich nun stand und schließlich zusah, wie Antonia in ein Taxi stieg und eine Staubwolke hinter sich lassend, davonfuhr.

Von ihrer Reise nach Deutschland hatte sie mir während des Telefonats nichts erzählt. Vielleicht war die Reise auch spontan und ungeplant, und so standen wir dann einige Zeit am Eingang und schauten dem Taxi hinterher. Mit einem Lächeln drehte sich Gerhart zu mir um und fragte, ob ich hungrig oder durstig wäre und forderte mich auf, ihm zum Haus zu folgen. Gerhart war vielleicht Anfang zwanzig, hatte schulterlanges, gewelltes, dunkelblondes Haar und einen Bart. Er schaute mich mit seinen blauen, freundlich blickenden Augen an und erklärte mir, dass sie eigentlich gar keinen Platz für neue Gäste hätten. Aber Antonia würde in ihrer Großzügigkeit oder vielleicht auch Unbekümmertheit, viel zu vielen Gästen zusagen und dann müssten alle irgendwie Notbehelfe organisieren und sie beherbergen. Die alte Mühle, in der Antonia wohnte, teilte sie mit drei Frauen und Männer waren dort unerwünscht. Fürs erste könnte ich auf einer Couch in seinem Zimmer im Haupthaus schlafen, welches er mit seiner Freundin teilte, bis eine andere Lösung gefunden wurde.

Das Haus war in erdfarbenen Tönen angemalt und aus Ziegelsteinen und Lehm in ursprünglicher Bauweise gefertigt worden. Ursprünglich, so erklärte mir Gerhart, bedeutet an den Baustil der Mauren angelehnt. Antonia hatte extra einen Maurer oder Baumeister aus Marokko kommen lassen, um das Riad, ein typisch orientalisches Anwesen, bauen zu lasen. Durch das wuchtige, hölzerne Eingangstor kamen wir in einen rechteckigen Innenhof, von dem die einzelnen Bereiche des Hauses abgingen. Gleich links war die größte Wohnung, die er und Katrin, seine Freundin, bewohnten. Ein paar angrenzende Zimmer waren für die Mitbewohner oder Gäste und alle schon belegt. Dem Eingangstor gegenüber war der Pferdestall mit einer zweiflügligen Tür, aus deren oberen Teil, ein schwarzer Hengst uns neugierig entgegen schaute. Der rechte Teil des Hauses bestand aus einem großen, zum Innenhof offenen Raum, der mit einer Feuerstelle und einem riesigen Tisch ausgestattet war, und der als Gemeinschaftsraum zum Essen und für Zusammenkünfte genutzt wurde. Eine rustikale Vorhangstange mit einem schweren roten Vorhang spannte sich über den gesamten Öffnungsbereich, und an kalten Wintertagen konnte man den Vorhang schließen und sich damit etwas vor der Kälte schützen. Seitlich der Feuerstelle gingen einige Stufen hoch zur Küche und einige angrenzende Räume, die auch von Freunden bewohnt waren. Gerhart führte mich zu seiner Wohnung, deren Größe und Einrichtung mich angenehm überraschten. Die Couch, auf der ich schlafen konnte, war in einem Separee, das mit seidenen, orientalischen Tüchern vom großen Schlafzimmer abgegrenzt wurde. Wie er mir erläuterte, war dies der Lesebereich für ihn oder seine Freundin, in welchen man sich auch bei dem Bedürfnis nach Ruhe zurückziehen konnte. Ein Bücherregal, ein bequemer Sessel und mehrere orientalische Lampen unterstrichen seine Aussage und luden zu einem genussvollen Verweilen ein. Auch das lichtdurchflutete Bad mit bunten Mosaiken, war der arabischen Bauweise angepasst und ich konnte mir ein herrliches Bad unter dem großen, offenen Dachfenster und den Seitenfenstern mit Aussicht auf die Landschaft und dem nahen Meer sehr gut vorstellen.

Toiletten gab es im Haus nicht. Diese war außerhalb, etwas weiter weg vom Hauptgebäude und äußerst gewöhnungsbedürftig. Die Toilette, die an einem flachen Hang errichtet war, wurde von drei Seiten und einem Dach aus Brettern umfasst, die den Sitzbereich vor Einblicken schützte. Während man seine Notdurft auf einer Bank, die einem Plumpsklo ähnlich war, verrichtete, hatte man einen grandiosen Blick nach Osten auf das Meer. Doch die Tatsache, dass anstelle von Papier nur einige stets mit Wasser zu füllende Flaschen bereit standen, um den Hintern zu säubern und die Spuren der braunen Masse, die gut sichtbar unter dem Sitzbereich für ein paar Meter über die große Steinplatte floss, führten bei mir zu zwangsläufiger Verstopfung und, um es vorab zu sagen, führten auch nach einem zweitägigen Aufenthalt wieder zu meiner Abreise.

Zu dem Anwesen gehörten auch ein paar Stallungen, mit einem Esel und einigen Gänsen und Hühnern, sowie ein kleiner Garten, der aber sehr steinig und spärlich bewachsen war. Wasser war Mangelware und wurde durch eine schwarze Plastikleitung von der abgelegen Kommune zur Verfügung gestellt. Da die Gemeinschaft ihre Lebensmittel nicht selbst erwirtschaften konnte, waren alle von Antonia als Geldgeberin abhängig. Antonia, das schwarze Schaf einer Unternehmerfamilie, wie Gerhart mir berichtete, war vor Jahren aus dem gesellschaftlichen Trott ausgestiegen und hatte genügend finanzielle Ressourcen, um das Gelände mit der alten Mühle aufzukaufen, diese zu renovieren und das orientalisch aussehende Hauptgebäude errichten zu lassen. Die jungen Menschen, die hierher zu ihr kamen, bereicherten ihr Leben, halfen bei den täglichen Notwendigkeiten und hatten selbst die Möglichkeit diesen Flecken Erde kennenzulernen, andere Menschen zu treffen, Gedanken auszutauschen oder, wie es in ihrer Philosophie beschrieben stand, der inneren Bewusstseinsbildung sich ganz hinzugeben, was viele durch Meditation oder hinter Büchern versunken auch taten. Bis auf das Vorbereiten der Mahlzeiten, das Haus sauber halten und die Pflege der Tiere, gab es wenig zu tun.

Nach einem Erkundungsgang des Hauses und des Geländes fiel mir eine lose Stiege am hinteren Kücheneingang auf, die ich gerne und bereitwillig reparierte. Beim Abendessen musste ich dann selbstverständlich von Los Molinos erzählen und Gerhart und die anderen berichteten von ihren Erfahrungen hier in Spanien oder von anderen Kommunen aus Europa. Gerhart hatte von Los Molinos gehört und war sehr interessiert daran, das Tal mit seinen Terrassengärten und dem Dörfchen zu besuchen. Vor allem war ihm an einem Austausch von Informationen zu den Arbeiten im Garten gelegen. Er selbst hatte eine Ausbildung als Landschaftsgärtner absolviert, und war neugierig auf alles was mit Garten- oder Landschaftsbau zu tun hatte. Es wurde ein schöner Abend. Die abwechslungsreichen Gespräche, das gemeinsame Essen und Trinken und es wurde geraucht. Eine der selbst geschnitzten Tabakspfeifen machte die Runde. Ich kann nicht sa-

gen was wir da rauchten, aber in dieser Nacht hatte ich die far-
benprächtigsten Träume, an deren Inhalt ich mich nicht erinnern
konnte, aber ich erinnere mich das es sehr angenehme Träume
waren, die einen bleibenden Eindruck hinterließen, und als ich
Katrin und Gerhart am nächsten Tag davon erzählte, mussten
beide ausgiebig lachen.

Das mit der Toilette machte mir am zweiten Tag sichtlich mehr
Probleme. Auch ein Spaziergang in das abgelegene, steinige Tal
brachte keine Erleichterung. Schließlich besprach ich mit Gerhart
meine Abreise am nächsten Tag. Als Begründung nannte ich die
engen Verhältnisse, und ich nicht länger ihre Privatsphäre stören
wollte, was auch mir nicht unbedingt annehmbar erschien.
Gerhart und Katrin würden mich mit ihrem VW Bus begleiten
und gleichzeitig unserer Community einen Besuch abstatten. Ich
erinnere mich, wie ich auf der Rückfahrt nach Los Molinos unun-
terbrochen erzählte. Ich war aufgeregt. Ich war froh, wieder zurück zu kommen. Es gab keinen Ort, an dem ich jetzt lieber sein
wollte. Und ich wollte meinen Begleitern alles über das Tal berichten. Erzählte ihnen über die Gartenterrassen, die schon von
den Mauren bewirtschaftet wurden, von der unversiegbaren
Quelle, die alle menschlichen Aktivitäten erst ermöglichte. Ich erzählte von der ursprünglichen Landschaft, die sie bald selbst sehen würden. Von den Orangenbäumen, den Oliven, den Kakteen
und Mandel- und Johannisbrotbäumen. Erzählte über die Kreislaufwirtschaft, die Werkstätten und das Recyceln von Plastikflaschen oder Altmetall. Aber auch die abendlichen Zusammenkünfte, die Gespräche, Diskussionen und Feste. Gerhart lächelte
mir von der Fahrerseite zu und ich erkannte, wie er wahrnahm,
wie glücklich ich war und wie auch ihn dieses Glück tiefgreifend
beflügelte.

*

Ich schließe die Augen und sehe die Tage, als wir Kinder waren. Als wir übermütig die Felder hinter der Stadt durchstreiften, auf Bäume kletterten und ein Baumhaus bauten, auch wenn es nur aus wenigen Brettern bestand, die wir von einer Baustelle dorthin verschleppten. Ich erinnere mich an die Kindheit, jetzt, wo ich Gerharts Lächeln wieder vor mir erblickte. In dem alten klapprigen VW Bus. Ich erinnere mich, weil auch wir leichthin, unbekümmert, bei schönstem Wetter in einer fremdländischen Landschaft in den Tag fuhren, so wie wir als Kinder unbekümmert in den Tag lebten. Das eine kam zum anderen, es war natürlich und logisch. Die Hölzer der Baustelle. Das Seil aus Vaters Werkstatt. Äste zum Schutz vor fremden Blicken. Die Flasche mit Wasser, die wir uns teilten und das feuchte Brot, aus dem wir kleine Kugeln formten und es langsam im Mund zerkauten. Katrin reichte mir im Wagen die Oliven und etwas Brot, das wir in Olivenöl eintauchten. Es brauchte nicht viel, um glücklich zu sein.

Vielleicht war auch auf einmal alles zu viel. Zu viel, was das Haus füllte. Zu viel, was die Supermärkte uns zu bieten hatten, zu viel der Werbung, der leeren Sendungen, des gedankenlosen Vergnügens. Gedanken machen. Über zu viel Plastik in den Regalen. Verschwendete Energien. Kriege. Über verstrahlte Landschaften. Über die Bedürfnisse. Mit weniger zufrieden sein. Jetzt. Und glücklich. Vielleicht auch zu viel an Beziehung. Zu viel an gesellschaftlichen Forderungen. Arbeitslosigkeit. Die Verpflichtungen. Warum können wir nicht wie die Kinder bleiben? Noch als Student machte ich mir keine Sorgen wegen des Geldes. Es war nicht viel, aber es konnte verdient werden. Kam die Verantwortung mit den Kindern? Sie schlich sich ein, mit der Wohnung, den Mietkosten, den Einkäufen und Einrichtungen, weil mit dem Lachen der Kinder auch das Glück beschützt werden musste. Man passte sich ein. Bis man jemanden trifft, der oder die keine gefüllten Regale hatte, und man erinnert sich.

So wie ich mich jetzt über diese Tage in Spanien erinnere, als wir zusammen am Mittagstisch saßen, als die Teller gestellt wurden, die Salate, das selbstgebackene Brot verteilt wurde, als jemand zum Gruß das Glas hob und die Gespräche begannen, von dem was am Morgen getan wurde, von Plänen für die Gärten, von Menschen, die hier leben und Windmühlen und marokkanischen Häusern. Die Jahrhunderte alten Terrassen mit ihren Gärten waren kein Vergleich zu der vom Wind exponierten Mühle an der Küste. Hier hatte der stete Fluss des Wassers seine Zeichen hinterlassen, und mit etwas Stolz, als hätte auch ich einen Anteil daran, würde auch ich das Erbe der Mauren hier weiterführen, würde mithelfen die altbewährte Kultur der Gärtner zu erhalten, zeigte ich Katrin und Gerhart die Anlagen. Als eine grüne Oase der Ruhe und Zufriedenheit stellte ich sie ihnen vor. Als der Elfenbeinturm oder das Land der Glückseligen. Vielleicht war es das sogar für mich. Zu diesem Zeitpunkt.

*

Die Tage wurden wärmer und ich dachte an die Rückkehr nach Deutschland. Noch genoss ich die Spaziergänge, die Wanderungen in die Umgebung, entlang der ausgetrockneten, steinigen Flussläufe mit dem seitlichen Buschwerk und den vereinzelten Bäumen. Ich inspizierte verlassene Höfe, die aufgegeben wurden, weil vielleicht das Wasser weniger oder die Kinder der beschwerlichen Arbeit müßig wurden und lag träumend unter Olivenbäumen. Ich erlebte eine Hatz auf eines der ausgemergelten Wildschweine, als das arme Tier nur wenige Meter von mir, gefolgt von zwei kläffenden, geifernden Hunden im nahen Gebüsch einer Böschung verschwand. Die Landschaft reizte auf traumhafte Weise meine Sinne, und wie in surrealistischen Bildern streifte ein Fuchs an mir vorbei. Ich lernte noch viele Menschen kennen, die als Gäste kamen oder auf der Durchreise waren. Die nächtlichen

Diskussionen wiederholten sich. Pauls Lieblingsthema über den Tod und die Sterblichkeit erbrachten keine neuen Erkenntnisse, obgleich uns die Bedeutung und Wichtigkeit der Erkenntnis mit der Anzahl der Gläser Wein, immer bewusster wurde. Sheila beteiligte sich nur wenig an den abendlichen Treffen. Sie war vielleicht etwas älter als ich und diejenige, die als Ansprechpartnerin der Kommune auch die größte Verantwortung trug. Aber es entging ihr nicht, wie ich mich veränderte, ich schweigsamer wurde und immer öfter mit meinem Mobiltelefon auf dem Hügel hinter unserem Gemeinschaftshaus verschwand. Ich wollte zurück nach Deutschland, zurück zu Annika und den Kindern.

*

Wie endete die Geschichte in Cabo de Gata? Wie erging es dem Mann im Fischerdorf? Ich kann mich nicht mehr erinnern. Sein Schicksal bleibt offen. Vielleicht fuhr er zurück nach Deutschland. Vielleicht hatte er auch genug Geld, um seine Reise fortzusetzen. Wollte er nicht auch nach Afrika? War es nicht auch bei ihm eine Beziehung zu einem anderen Menschen, über die er sich Gedanken machte? Ich dachte jetzt öfters an mein Verhältnis zu Annika. Die Flucht aus unserer Ehe. Das Verhältnis zu Xenia und überhaupt zu anderen Frauen. Die Arbeit in unserem kleinen Ökodorf hatte mir gutgetan. Hatte sie mir doch vorerst Ruhe gegeben vor all den Gedanken und Gefühlen, die seit meinem Abschied, oder sollte ich sagen der Trennung, auf mich einstürzten oder in mir aufbrachen. Eine Ablenkung, damit sich das Getöse in meinem Kopf beruhigen konnte, damit sich das Wirrwarr meiner Gedanken legte, so wie sich die Erde wieder nach einem Beben beruhigte, und ich jetzt mehr und mehr die Schäden beurteilen konnte. Wie viele Balken eingestürzt und welches Haus nicht mehr zu retten war. Die Gespräche und Diskussionen mit meinen Mitbewohnern hatten neue Horizonte eröffnet, hatten neue Wege gezeigt und die Sichtweisen auf unser Leben und Handeln geschärft. Es wurde mir bewusster, was ich vom Leben wollte und welche Rolle andere Menschen dabei spielen, insbesondere auch die Bedeutung des anderen Geschlechtes. Vielleicht kann ich auch sagen, ich lernte, was das Leben von mir wollte. Was es überhaupt bedeutete, das Leben, die Natur, unsere Welt und dieser Planet. Und ich wurde mir dessen bewusst, das Glück zu haben, diese Bedeutung, diesen Wert und die Wichtigkeit erkennen zu können. Die Erkenntnis. Das Paradies. Hier und jetzt. Diese einzigartige Erde.

Jetzt wollte ich weiter oder wäre es richtiger zu sagen, zurück? Jetzt war der Zeitpunkt gekommen aufzubrechen, Abschied zu nehmen. Der letzte Abend, die letzten Gespräche, die Ratschläge und guten Wünsche, die letzte Umarmung, der Kuss und der Händedruck. Den Rucksack auf dem Rücken, so wie ich gekommen war, ging ich noch einmal den schmalen, festgetretenen Weg, sah noch einmal hinab auf die Terrassen, weilte noch einen Augenblick im Schatten unter dem großen Nussbaum und blickte zurück auf das Tal. Ich erinnere mich an den wehmütigen Blick auf die Laube unter der wir unsere Treffen hatten und die vielen nächtlichen Gespräche, sehe noch vor meinem inneren Auge die Olivenbäume, die Bougainvillea und Orangenbäume, die mir besonders ans Herz gewachsen waren mit ihren orangenen Früchten im Winter. Ich sehe die Palmen und die orientalisch anmutende Villa mit dem verwilderten Garten, der immer verschlossen blieb und deren Bewohner wir nie kennenlernten. Ging wieder vorbei an einer der Mühlen, die hier einst ihre Arbeit taten. Ich kann mich nicht erinnern, wie ich nach Sorbas zur Bushaltestelle kam. Ich nahm den Bus zurück nach Almeria.

*

Wieder hatte mich die Stadt in ihre Arme genommen. In der Jugendherberge bekam ich ein günstiges Zimmer und ich zog abermals durch die Straßen und Gassen, so wie ich es schon früher getan hatte. Bereits als Student war es mir ein Vergnügen auf meinen Reisen stundenlang zwischen den Häuserzeilen der Städte zu streifen, in den Parkanlagen zu weilen oder im Café sitzend, die Menschen zu beobachten. Ich erkundete die alten historischen Gebäude oder atmete die Luft der Arbeiterviertel mit ihren Kneipen, kleinen Läden und Werkstätten. Mit nostalgischen Blicken schaute ich in die Seitengassen, in welchen die Wäsche an der zwischen den Häusern gespannten Leine baumelte, die kleinen Balkone, die von einem Durcheinander an Kabeln und Telefonleitungen miteinander verbunden waren. Ich geriet in den Bann der Stadt fast unbemerkt. Stieg die Stufen empor zur Alcazaba und blickte gegen Süden über das Meer, auf dessen anderen Seite Afrika lag. Ich schlenderte durch die Altstadt zum Hafen, wo die Boote der reichen Leute, die großen Kreuzschiffe der Touristen und die Frachtschiffe lagen. Und als ich an der vielbefahrenen Hafenstraße entlang ging, entdeckte ich im Schaufenster eines Reisebüros die Werbung für die Fähre nach Nador, die Stadt auf der gegenüberliegenden Seite der Meeresenge, auf dem afrikanischen Kontinent, eine Stadt an der Küste Marokkos. Ich weiß heute nicht mehr, wie der Gedanke geboren wurde, wie er in meinen Kopf kam. Vielleicht lag es an dem emsigen Treiben am Hafen, das mondäne Gebaren der Stadt, der Verkehr, der gerade alles in Bewegung brachte. Vielleicht lag es auch in der Leichtigkeit des Seins, das diese Stadt ausstrahlte mit ihren Cafés, den flanierenden und skatenden, jungen Menschen auf der Promenade. Vielleicht war es der Strand, die Sonne und das Meer, das seinen Einfluss hatte. Es war wieder die Lust in mir geweckt zu Reisen. Mein neues Ziel war auf der anderen Seite des Meeres, nach Afrika oder in die arabischen Länder. Ich wollte sehen, was die Mauren in diesen Ländern geschaffen hatten. Ich hatte jetzt so viel gelernt über ihrer Bewässerungskultur, ihre Terrassenanlagen und architektonischen Kunstwerke, über die medizinischen Kenntnisse und ihr wissenschaftliches Interesse der Mathematik, der Astronomie, ich wollte sehen wie es auf der anderen Seite aussah, was aus dieser Kultur geworden war.

Im Internetcafé, das in der Nähe der Jugendherberge war, schrieb ich einen langen Brief an Annika und erklärte ihr, dass ich jetzt, wo ich doch so weit im Süden und so nahe an der afrikanischen Küste war, mir noch die Zeit nehmen wollte, um einen Abstecher nach Marokko zu machen. Ich wollte zurückkommen, zurück wieder nach Deutschland, aber zuvor musste ich das Land und die Menschen kennenlernen, deren Vorfahren so viele Spuren hier hinterlassen hatten. Ich wusste nicht, was mich erwarten würde, wusste nicht ob meine geschrumpften Ersparnisse reichen würden oder wie lange ich bleiben würde. Ich hatte einen Pass und ich hatte das Geld für die Überfahrt. Ich kann mich nicht an den letzten Abend erinnern, die letzte Nacht in Almeria. Am nächsten Tag bestieg ich das Schiff nach Nador und es wurde eine eindrucksvolle Überfahrt, jedenfalls für mich. Es waren nicht viele Menschen an Bord und die wenigen versorgten sich an der Theke mit Getränken und etwas zum Essen. Ich war die ganze Zeit allein am Heck des Schiffes, als es aus dem Hafen fuhr und sich die Stadt immer weiter entfernte, ihre Silhouette kleiner wurde und sich auf einmal die schneebedeckten Berge der Sierra Nevada hinter den Häuserzeilen erhoben, in einem strahlendem Weiß, unter einem hellblauen Himmel, vor dem Blau des Meeres und den schmäler werdenden Gefügen der Stadt. Ich blieb stehen, bis ich nur das Wasser des Meeres am Horizont vor mir hatte. Das Meer, in dem all das Wasser der Flüsse sich vereinigte.

Weitere Bücher von Ernst Ludwig Becker im Buchhandel erhältlich:

Wider die menschliche Vernunft

Der Mensch ist ein vernunftbegabtes Wesen. Warum lebt er nicht vernünftig? Warum schädigt er sich und fügt Schaden an seinen Mitmenschen an und bringt sogar das ganze globale Ökosystem in Gefahr?

Sebastian Waindinger, ein pensionierter Biologielehrer aus Frankfurt, ein politisch engagierter Mensch, macht sich seine Gedanken darüber. Er sieht das biologische Gleichgewicht unseres Planeten in Schieflage, durch die Art wie die Menschen wirtschaften, wie sie die Ressourcen verschwenden und dass sie naturwidrig lange Leben und sich maßlos vermehren.

Das Leben von Sebastian Waindinger ist nicht ungewöhnlich, aber es ist bemerkenswert. Lesen sie seine Geschichte.

Papperlapapp

Geschichten, Gedichte, Sprüche, Lieder, Bilder

Wenn der Himmel die Erde küsst.

Von Melancholie und Revolution ist die Rede und vom Blauen Planeten.

Vom Meditieren auf fliegenden Teppichen,

biologischen Wundern und dem Wind.

Liebe, Freundschaft und Kinderaugen.

Im Land der unbegrenzten Möglichkeiten -
eine Hommage an die menschliche Vorstellungskraft

Ernst Ludwig Becker
Im Land der unbegrenzten
Möglichkeiten

Das Gehirn ist ein Wunderwerk der Natur. Die Neugierde und die Fantasie, die Vorstellungskraft, die von diesem Organ ausgehen sind die Grundlage der menschlichen Entwicklungs-geschichte. Werkzeuge und Waffen sind erste Kreationen. Die Landwirtschaftliche Revolution, der technische Fortschritt machen die Welt zum Untertan. Es denkt sich Verhaltensregeln aus und sozialisiert. Es musiziert. Aber das Gehirn schafft auch geistige Welten, Mythen, Märchen, es erklärt Religionen und philosophiert. Und es denkt über sich selbst nach. Versteht das Bewusstsein, dringt ein in das Unbewusste, die Träume und die Erinnerungen und erkennt, dass es mehr als eine Wirklichkeit gibt.

Emily, die Tochter eines Töpfers aus Pennsylvania, konstruiert ihre eigene Wirklichkeit, um den Tod ihres Bruders zu überwinden. Sie lernt viel über die Töpferei, über die Natur und die Naturgesetze, über die Geschichte der Menschen. Aber viel wichtiger ist, dass sie lernt ihre Fantasie zu benutzen, denn nur in ihrer Fantasie wird die Zukunft Wirklichkeit. Nur die Fantasie kann den Tod überwinden.

Heilige Corona, steh uns bei!

Der Autor beschreibt in seinem neuen Buch seine ganz persönliche Lösung gegen das Corona-Virus: Lachen. Das ist bekanntermaßen nicht nur gesund, sondern kann uns auch bei der Bewältigung der Krankheit helfen. Denn solange es keinen Impfstoff gibt, ist die Stärkung unseres Immunsystems eine der wichtigsten, individuellen Möglichkeiten, der Krankheit die Stirn zu bieten. Und beim Lachen werden rund 300 Muskeln angespannt, allein 17 davon im Gesicht. Lachen führt zu einer schnelleren Atmung, mehr Sauerstoff, mehr Stoffwechsel, mehr Antikörpern und nicht zuletzt zu

mehr Lebensqualität. Gesundheit ist in der Corona Krise das Wichtigste! Das denkt sich auch der Autor und schreibt über seine Erlebnisse während des Shutdowns mit den Blutsverwandten, mit den Freunden und dem Rest der Welt. Lachen ist sogar gesund, wenn er in keiner Krise steckt, stellt er erleichtert fest.

FSC
www.fsc.org
MIX
Papier | Fördert
gute Waldnutzung
FSC® C083411

Zeitfracht Medien GmbH
Ferdinand-Jühlke-Straße 7
99095 Erfurt, Deutschland
produktsicherheit@kolibri360.de